ZUN

Tradução **Letícia Mei**

a vida real

adeline dieudonné

A Lila e Zazie...

Nossa casa tinha quatro quartos. O meu, o do meu irmão caçula Gilles, o dos meus pais e o dos cadáveres. Veados, javalis, cervos. E cabeças de antílopes de todos os tipos e tamanhos: gazelas, impalas, gnus, órix, cobos... Algumas zebras amputadas do corpo.

Sobre um estrado, um leão inteiro com as presas cerradas em volta do pescoço de uma pequena gazela.

E num canto ficava a hiena.

Mesmo empalhada, ela estava viva – eu tinha certeza –, e se deliciava com o terror provocado em cada olhar que cruzasse o seu.

Nas fotos emolduradas das paredes, meu pai posava orgulhoso, com a espingarda na mão, ao lado de animais mortos.

Ele sempre fazia a mesma pose: um pé sobre o bicho, punho no quadril e a outra mão empunhando a arma em sinal de vitória. Assim ele parecia mais um miliciano rebelde doidão de adrenalina genocida do que um pai de família.

A principal peça da sua coleção, seu maior orgulho, era uma presa de elefante. Um dia, eu o ouvi contando à minha mãe que o mais difícil não tinha sido matar o elefante. Não. Matar o bicho era tão simples quanto abater uma vaca num corredor de metrô.

A verdadeira dificuldade tinha sido entrar em contato com os caçadores ilegais e escapar da vigilância dos guardas florestais.

E depois arrancar as presas da carcaça ainda quente. Uma bela carnificina.

Tudo isso lhe custou uma pequena fortuna. Acho que por isso ele tinha tanto orgulho daquele troféu. Era tão caro matar um elefante que ele teve de dividir as despesas com um outro sujeito. Cada um ficou com uma presa.

Eu gostava muito de passar a mão no marfim. Era suave e imponente. Mas tinha de ser escondido do meu pai. Ele nos proibia de entrar no quarto dos cadáveres.

Meu pai era um homem imenso, de ombros largos, porte de abatedor. Mãos de gigante. Mãos que poderiam decapitar um bebê como se destampa uma garrafa de Coca-Cola.

Além da caça, meu pai tinha duas paixões na vida: a televisão e o uísque escocês. E quando não andava pelos quatro cantos do planeta procurando animais para matar, ele ligava a TV ao fone de ouvido, que tinha custado o preço de um carro popular, com uma garrafa de Glenfiddich na mão.

Fingia conversar com a minha mãe, mas, na verdade, se a trocassem por um fícus, ele nem notaria a diferença.

A minha mãe tinha medo do meu pai.

E acho que isso é basicamente tudo o que posso dizer sobre ela, além da sua obsessão por jardinagem e por minicabras. Era uma mulher muito magra, de cabelos compridos e finos. Não sei se ela existia antes de encontrá-lo. Acho que sim. Devia parecer uma forma de vida primitiva, unicelular, vagamente translúcida. Uma ameba. Um ectoplasma, um endoplasma, um núcleo e um vacúolo digestivo. E, aos poucos, os anos de contato com meu pai devem ter preenchido de medo aquele ser insignificante.

As fotos do casamento sempre me intrigaram. Nas minhas lembranças mais antigas, me vejo folheando o álbum à procura de alguma coisa. Alguma coisa que pudesse justificar aquela união bizarra. Amor, admiração, estima, alegria, um sorriso... Alguma coisa...

Nunca encontrei. Nas imagens, meu pai fazia a mesma pose das fotos de caça, mas sem o orgulho. Com certeza uma ameba não é muito impressionante como troféu. Nada difícil de capturar: um copo, um pouco de água parada, e pronto!

No dia do casamento, minha mãe ainda não tinha medo. Parecia que alguém simplesmente a tinha colocado lá, do lado daquele cara, como um vaso.

Conforme fui crescendo, também me perguntei como aqueles dois tiveram dois filhos. Meu irmão e eu. Mas rapidinho parei de me fazer essa pergunta, porque a única imagem que me vinha à cabeça era de uma investida de fim de noite, fedendo a uísque, em cima da mesa da cozinha. Umas sacudidas rápidas, brutais, não muito consentidas e acabou...

A principal função da minha mãe era preparar as refeições, o que ela fazia como uma ameba, sem criatividade, sem gosto e com muita maionese. Misto-quente, pêssego recheado com pasta de atum, ovos mimosa e peixe empanado com purê de batata. Basicamente isso.

Atrás do nosso jardim ficava o bosque dos Enforcadinhos, um vale verde e escuro, dois declives que formavam um grande "V", no fundo do qual se acumulavam as folhas mortas. E no fundo do vale, semienterrada pelas folhas mortas, ficava a casa da Mônica. Eu sempre a visitava com Gilles. Ela nos contou que as garras de um dragão formaram o "V". O dragão escavou o vale porque enlouqueceu de dor. Foi há muito tempo. Ela contava bem histórias, a Mônica. Seus longos cabelos grisalhos dançavam sobre as flores do vestido. E suas pulseiras tilintavam em volta dos pulsos.

"Há muito tempo, um tempão mesmo, não muito longe daqui, numa montanha que já não existe mais, vivia um casal de dragões gigantescos. Eles se amavam tanto que de noite cantavam canções estranhas e muito belas, como somente os dragões são capazes de fazer. Mas isso assustava os homens da planície, e eles não conseguiam mais dormir. Uma noite, quando os dois amantes adormeceram saciados com seu canto, vieram aqueles imbecis, na ponta dos pés, com tochas e tridentes, e mataram a fêmea.

"O macho, louco de dor, incendiou a planície repleta de homens, mulheres e crianças. Todo mundo morreu. Então, ele rasgou a terra com as garras, escavando os vales. Depois disso, a vegetação cresceu de novo, as pessoas voltaram, mas as marcas das garras permaneceram."

Os bosques e os campos ao redor ficaram salpicados de cicatrizes de profundidades diversas.

Gilles tinha medo dessa história.

À noite, às vezes, ele vinha se aninhar na minha cama, pois achava que ouvia o canto do dragão. Eu explicava que aquilo não passava de uma história, que os dragões não existem. Que a Mônica contava aquilo porque gostava de contos de fadas, mas que nem tudo era verdade.

Lá no fundo, uma leve dúvida pairava dentro de mim. Sempre temi que meu pai voltasse de uma das caçadas com uma fêmea de dragão como troféu.

Mas, para acalmar Gilles, eu dava uma de adulta e dizia baixinho: "As histórias servem pra colocar pra dentro tudo o que nos mete medo, assim a gente tem certeza de que não vai acontecer na vida real."

Eu gostava de adormecer com sua cabeça bem embaixo do meu nariz para sentir o cheiro dos seus cabelos.

Gilles tinha seis anos, e eu dez. Normalmente, entre irmãos e irmãs tem briga, tem ciúme, gritaria, queixas e pancadaria. Entre nós, não. Eu amava Gilles com um amor de mãe. Eu o guiava, eu lhe explicava tudo o que sabia: essa era a minha missão como irmã mais velha. A forma de amor mais pura que existe.

Um amor que não espera nada em troca. Um amor indestrutível.

Ele ria o tempo todo com seus dentinhos de leite. E sua risada sempre me aquecia como uma miniusina elétrica. Então, eu fazia marionetes com meias velhas, inventava histórias engraçadas, criava espetáculos só para ele. Também fazia cócegas só para ouvi-lo rir.

A risada de Gilles curava todas as feridas.

Metade da casa da Mônica tinha sido engolida pela hera. Era bonito. Às vezes, o sol deitava-se sobre ela através dos galhos, parecia que dedos a acariciavam. Eu nunca vi os dedos do sol sobre a minha casa. Nem sobre as outras casas da vizinhança.
Morávamos num complexo residencial que se chamava "O Conceito".
Umas cinquenta habitações de cor cinza, alinhadas como lápides.
Meu pai o chamava de "O Conceitosco".

Nos anos sessenta, no lugar do Conceito tinha uma plantação de trigo.
No início dos anos setenta, em menos de seis meses o loteamento tinha se espalhado tão rápido quanto uma verruga. Era um projeto-piloto, tecnologia de ponta do pré-fabricado.
O Conceito. Conceito de sei lá o quê. Na época, os construtores com certeza queriam demonstrar alguma coisa. Talvez se parecesse com algo naquele momento. Mas agora, vinte anos depois, tudo o que restou foi o tosco. O belo, se é que algum dia existiu, dissolveu-se, lavado pela chuva. Tinha uma rua que formava um grande quadrado, com casas dentro e casas fora. E em volta ficava o bosque dos Enforcadinhos.

Nossa casa ficava fora do quadrado, num canto. Era um pouco melhor do que as outras porque o arquiteto do Conceito a tinha projetado para si. Mas não morou nela por muito tempo. Era maior do que as outras. Mais iluminada também, com grandes portas de vidro. E um porão. Dizendo assim, parece bobo, mas porão é uma coisa importante.

Ele impede que a água do solo suba pelas paredes e as apodreça. As casas do Conceito cheiravam à toalha velha molhada, esquecida no fundo de uma bolsa de praia.

A nossa casa não cheirava mal, mas tinha os cadáveres de animais. Às vezes eu me perguntava se não seria melhor uma casa fedorenta.

A gente também tinha um jardim maior do que os outros. No gramado tinha uma piscina inflável. Parecia uma mulher obesa dormindo sob o sol. No inverno meu pai a esvaziava e a guardava, deixando um grande círculo escuro na grama.

No fundo do jardim, um pouco antes do bosque, ficava o cercado das cabritas, uma rampa forrada de alecrim rasteiro.

Tinha três cabritas: Torrada, Josefina e Noz-Moscada. Mas logo, logo elas seriam cinco, pois Noz-Moscada estava prenha.

Minha mãe tinha providenciado um bode para o cruzamento e isso criou uma série de problemas com o meu pai. Às vezes acontecia uma coisa curiosa com a minha mãe: quando se tratava das suas cabras, uma forma de instinto maternal jorrava do fundo de suas entranhas e lhe dava forças para enfrentar o marido.

E quando isso acontecia, ele sempre fazia uma cara de mestre superado pelo aluno. Com a boca aberta, ele procurava um contra-argumento em vão.

Ele sabia que cada segundo massacrava um pouco mais sua autoridade, como uma bola de demolição sobre um imóvel devorado pelo cupim. Sua boca aberta retorcia-se um pouco e dela saía uma espécie de grunhido que cheirava à toca de gambá. Então, minha mãe compreendia que tinha ganhado. Ela pagaria por isso mais tarde, mas aquela vitória era dela. Parecia não sentir uma alegria especial com isso e voltava às suas atividades de ameba.

Noz-Moscada estava prenha, e Gilles e eu estávamos superanimados com o parto iminente. A gente ficava atento ao menor sinal que anunciasse a chegada dos cabritinhos. Ele dava risada ouvindo a minha explicação sobre o nascimento dos filhotes:

— Eles vão sair pela periquita dela. Vai parecer que ela está fazendo cocô, mas em vez de caca, vão sair dois cabritinhos...

— Mas como é que eles entraram na barriga dela?

— Eles não entraram, ela fez com o bode. Eles estavam muito apaixonados.

— Mas o bode não ficou aqui nem um dia, eles nem se conheceram direito, não dava tempo pra se apaixonar.

— Ah! Dava sim! Isso se chama amor à primeira vista.

Atravessando o bosque dos Enforcadinhos, cruzando o campo sem que o fazendeiro nos visse, chegávamos à grande ladeira de areia amarela. Agarrando as raízes, descíamos até o labirinto de carros quebrados. Lá também não podiam nos ver.

Era um imenso cemitério de metal. Eu gostava daquele lugar. Acariciava as carcaças e via nelas animais amontoados, imóveis, mas sensíveis. Às vezes eu conversava com elas. Especialmente com as recém-chegadas. Dizia a mim mesma que precisavam de acolhimento. Gilles me ajudava. Juntos, a gente podia passar tardes inteiras conversando com os carros.

Alguns estavam lá havia tanto tempo que acabávamos conhecendo bem. Tinha uns quase intactos, outros estavam levemente danificados. Mas também tinha uns completamente destruídos, com o capô rasgado, a carroceria despedaçada. Pareciam mastigados por um cachorro enorme. Meu preferido era o verde que não possuía nem teto nem bancos. Parecia que o capô tinha sido totalmente raspado, como a espuma sobre um copo de cerveja. Eu me perguntava o que tinha raspado daquele jeito. Gilles gostava bastante do "kabum-lhota". Era assim que ele chamava. Kabum-lhota. Aquele carro era mesmo engraçado.

A gente ficava imaginando que tinham colocado o kabum-lhota numa máquina de lavar gigante, mas sem água. Ele estava todo deformado. Gilles e eu, a gente se enfiava lá dentro e fingia estar na máquina de lavar junto com o carro.

Eu pegava o volante e gritava: "Kabum-lhota! Kabum-lhota! Kabum-lhota!", pulando no banco para balançar o carro. E a risada mágica de Gilles escalava até o alto da ladeira de areia amarela.

A gente sabia que aquela era a hora de dar o fora, pois o dono não demoraria a chegar se tivesse nos ouvido. O labirinto era seu e ele não gostava que a gente brincasse lá.

As crianças mais velhas do Conceito diziam que ele colocava armadilha de lobo para capturar as crianças que brincavam perto dos carros. Então, a gente sempre olhava muito bem por onde andava.

Quando nos ouvia, ele já chegava berrando "Mas o que é isso?!", e era preciso sair correndo para não ser pego, subir a ladeira, agarrar as raízes, lutar contra o medo que cortava a respiração, fugir para muito, muito longe dos "Mas o que é isso?!".

Com seu corpo pesado e gordo, ele não conseguia subir muito alto no paredão de areia.

Um dia, Gilles agarrou uma raiz muito fina que se quebrou. Ele levou um tombo e caiu a alguns centímetros daquelas mãos enormes que tentavam agarrá-lo. Gilles saltou como um gato, eu o agarrei pela manga e conseguimos escapar por pouco.

Chegando no alto, rimos de nervoso. Fomos ver a Mônica sob a hera para contar o que tinha acontecido.

Ela também riu, mas fez uma advertência: era melhor não criar problemas com ele.

Com sua voz de buzina velha e seu cheiro de praia, Mônica disse assim: "Seus cabeçudos, tem gente que é melhor nem chegar perto, sabe? Um dia vocês vão aprender isso. Tem gente que escurece o céu, que rouba a alegria, que senta no nosso ombro para nos impedir de voar. Fiquem longe desses aí. Ele é desse tipo."

Eu ri porque imaginei o dono do ferro-velho sentado no ombro do Gilles.

Em seguida, voltamos ao Conceito porque ouvimos a música. A *Valsa das flores*, de Tchaikóvski. Era a caminhonete do sorveteiro, pontualíssimo, como todas as tardes. Fomos pedir dinheiro ao nosso pai. Gilles sempre pedia duas bolas. Baunilha e morango. Para mim, chocolate e flocos com chantili. Mas o chantili era proibido. Meu pai não deixava, não sei por quê. Então, eu engolia tudo bem rápido antes de voltar para casa.

Era um segredo que eu dividia com meu irmão e o senhor gentil da caminhonete. Um homem muito velho, careca, comprido e magro, vestindo um terno de veludo marrom.

Ele sempre dizia com sua voz rouca e um sorriso no olhar: "Comam depressa antes que derreta, crianças, porque tem sol e vento, e não há nada pior pro sorvete."

Numa noite de verão, minha mãe preparou pêssegos recheados com pasta de atum, que comemos no terraço com piso de pedra que dava para o jardim. Meu pai já tinha deixado a mesa para se instalar diante da TV com sua garrafa de Glenfiddich.

Ele não gostava de passar tempo conosco. Acho que na família ninguém gostava de se reunir para jantar. Mas meu pai nos impunha esse ritual, assim como impunha a si mesmo. Porque era assim que tinha de ser. Uma família faz as refeições junta, gostando ou não. Era o que se via na TV. Só que na TV as pessoas pareciam felizes. Principalmente nos comerciais. Conversas, risadas. As pessoas eram bonitas e se amavam. O tempo em família era vendido como uma recompensa. Junto com o Ferrero Rocher, essa era a guloseima supostamente merecida depois das horas de trabalho no escritório ou na escola.

Lá em casa as refeições em família pareciam um castigo, um grande copo de mijo que a gente tinha que beber diariamente.

Toda noite se desenrolava segundo um ritual que beirava o sagrado. Meu pai assistia ao telejornal explicando cada assunto para minha mãe, partindo do princípio de que ela não era capaz de compreender a menor informação sem o seu esclarecimento. O telejornal era importante para o meu pai. Comentar a atualidade dava-lhe a impressão de ter um papel atuante nela. Como se o mundo esperasse as suas reflexões para seguir na direção certa. Quando a música de encerramento ecoava, a minha mãe gritava: "Tá na mesa!"

Meu pai deixava a TV ligada e todos vinham se sentar para comer em silêncio.

O momento em que ele se levantava para voltar ao sofá era vivido como uma libertação. Aquela noite não foi uma exceção.

Gilles e eu tínhamos saído da mesa para ir brincar no jardim. O sol acariciava aquele fim de dia com uma luz perfumada de mel caramelizado.

No hall de entrada, minha mãe limpava a gaiola da Cora, nosso periquito. Eu tinha tentado dizer para a minha mãe que era maldade mantê-la numa gaiola. Principalmente os periquitos, pois o jardim estava cheio deles. Parece até que eram um problema, pois acabavam com a comida dos outros passarinhos, como os pardais e chapins.

E na nossa casa, eles comiam as cerejas antes que tivessem tempo de amadurecer nas árvores do jardim. Estavam ali porque tinha um zoológico a alguns quilômetros do Conceito. Um zoológico pequeno. Mas ele faliu quando um parque de diversões se instalou não muito longe dali, atraindo todos os visitantes.

Todos os animais foram vendidos para outros zoológicos. Mas ninguém ligava para os periquitos, e custava caro transportá-los. Então, o responsável simplesmente abriu as gaiolas. Vai ver pensou que morreriam de frio. Mas não morreram. Ao contrário, eles se adaptaram, fizeram ninhos e filhotes. Voavam sempre em bandos, formando enormes nuvens verdes que cortavam o céu. Era bonito. Barulhento, mas bonito.

Eu não entendia por que a coitada da Cora tinha de ficar numa gaiola vendo os outros se divertindo sem ela. Minha mãe dizia que não era a mesma coisa, que ela vinha de uma loja, que não estava acostumada. Mesmo assim.

Então, a minha mãe estava limpando a gaiola da Cora. Era a hora da *Valsa das flores* e do sorvete. A caminhonete parou junto à cerca viva da nossa casa. O velho sorveteiro estava lá, com uma dezena de crianças cacarejando em volta dele.

Mônica me disse que ele não era como o dono do ferro-velho. Ele era bom. Quando ela falou sobre ele, notei algo estranho em seu olhar. Como os dois eram velhos, pensei que talvez tivesse acontecido alguma coisa entre eles no passado. Quem sabe uma bela história de amor interrompida por velhas disputas familiares. Eu lia muitos livros românticos naquela época.

Quando o sorveteiro entregou o sorvete de baunilha e morango a Gilles, observei as suas mãos. Mão de velho é uma coisa reconfortante. Imaginar que seu mecanismo tão refinado, tão elaborado, funcionava e obedecia àquele homem havia tanto tempo, sem que ele sequer tivesse de pensar nisso; imaginar as toneladas de sorvete que elas fabricaram, sem traí-lo jamais: aquilo me dava fé em algo que eu não conseguia definir. Era reconfortante. E belo também. A pele tão fina sobre os tendões quase expostos, o azul das veias como riachos.

O senhor me olhou, sorriu com os olhos:
— E você, menininha?
Era a minha vez. Eu estava revirando a minha fala na cabeça há cinco minutos. Não sei por que, mas quando eu pedia o sorvete, não gostava de improvisar. Tinha que ter alguém na minha frente na fila para me dar tempo de escolher o que eu queria e formular a minha frase. Para que ela saísse direito, sem hesitação. Naquele dia, éramos os últimos, as outras crianças já tinham pegado seus sorvetes e ido embora.
— Chocolate e flocos na casquinha com chantili, por favor, senhor.
— Com chantili, senhorita! Pode deixar...
Ele deu uma piscadinha ao dizer a palavra "chantili", dando a entender que aquele ainda era o nosso segredo.

Então, como dois cães fiéis, suas mãos puseram-se a trabalhar e repetiram sua pequena coreografia pela centésima vez. A casquinha, a colher de sorvete, a bola de chocolate, a vasilha de água quente, a bola de flocos, o sifão... Um verdadeiro sifão, com chantili caseiro.

O velho inclinou-se para fazer um belo redemoinho de creme sobre o meu sorvete. Seus olhos azuis bem abertos, concentrados na espiral nebulosa, o sifão apoiado em sua bochecha, o gesto gracioso, preciso. Sua mão tão próxima do rosto. No instante em que ele chegou ao cume da pequena montanha de creme, no instante em que o dedo estava prestes a diminuir a pressão, no instante em que o velho ia se endireitar, o sifão explodiu. *Bum*. Eu me lembro do barulho. Foi o barulho que me aterrorizou primeiro. Ele repercutiu em cada parede do Conceito. Meu coração parou por um momento. Devem ter ouvido até o outro lado do bosque dos Enforcadinhos, até a casa da Mônica. Então, vi o rosto do velhinho gentil. O sifão estava enfiado dentro, como um carro atravessado na fachada de uma casa. Faltava a metade. Seu crânio calvo permaneceu intacto. Seu rosto era uma mescla de carne e osso. Com apenas um olho na órbita. Eu vi tudo. Deu tempo. Parecia surpreso, o olho. O velho ficou de pé por dois segundos, como se seu corpo precisasse daquele tempo para perceber que agora estava coroado com um rosto em carne viva. E, então, ele desabou.

Parecia uma piada. Eu até ouvi uma risada. Não era uma risada real, também não vinha de mim. Acho que era a morte. Ou o destino. Ou algo assim, uma coisa bem maior do que eu. Uma força sobrenatural que decide tudo e que estava com um humor maldoso naquele dia. Tinha decidido se divertir às custas do rosto do velho.

Não lembro muito bem depois disso. Eu gritei. As pessoas vieram. Elas gritaram. Meu pai veio. Gilles não se mexia. Seus grandes olhos esbugalhados, sua boquinha aberta, sua mão contraída em torno da casquinha de sorvete de baunilha e morango.
Um homem vomitou melão com presunto de Parma.
A ambulância chegou e, em seguida, o carro funerário.

Meu pai nos levou para casa, em silêncio.

Minha mãe passou uma vassoura na frente da gaiola da Cora.

Meu pai foi se sentar novamente diante da TV.

Peguei Gilles pela mão e o levei para o cercado das cabritas. Olhar fixo e boca entreaberta, ele me seguiu como um sonâmbulo.

Tudo parecia irreal – o jardim, a piscina, o alecrim, a noite que caía –, ou melhor, tudo parecia envolto numa nova realidade. A realidade selvagem da carne e do sangue, da dor e da marcha do tempo, linear e impiedosa. Mas, acima de tudo, a realidade daquela força que ouvi rir quando o corpo do velho desabou. Aquela risada que não estava nem dentro nem fora de mim. Aquela risada que estava em toda parte, em tudo, como aquela força. Ela poderia me encontrar em qualquer lugar.

Nenhum lugar onde me esconder. E se não posso me esconder, nada existe. Nada além do sangue e do horror.

Eu queria ir ver as cabritas porque esperava que sua indiferença de ruminantes me traria de volta à realidade e que isso me tranquilizaria.

As três estavam lá, pastando em seu cercado. Um grupo de periquitos pousou sobre os galhos da cerejeira. Nada mais tinha sentido. Minha realidade se dissolvera. Um nada vertiginoso sem saída. Um nada tão palpável que eu podia sentir suas paredes, seu chão e seu teto apertando-se ao meu redor. Um pânico selvagem começava a me sufocar. Eu queria que alguém, um adulto, me pegasse pela mão e me colocasse na cama. Que devolvesse os contornos da minha existência.

Que me explicasse que aquele dia teria um amanhã, e um depois de amanhã, e que a minha vida acabaria reencontrando sua forma. Que o sangue e o horror se diluiriam. Mas ninguém veio.

Os periquitos comeram as cerejas ainda verdes.

Gilles ainda estava de boca aberta e olhos arregalados, seu pequeno punho fechado em torno da casquinha coberta de sorvete derretido de baunilha e morango.

Disse a mim mesma que se ninguém ia me colocar na cama, eu poderia fazer isso por Gilles. Eu queria falar com ele, dizer palavras de conforto, mas não consegui. O pânico não aliviou o aperto na minha garganta. Levei-o para o meu quarto e nos deitamos juntos na minha cama. A janela dava para o jardim, as cabras e o bosque. O vento fazia a sombra de um carvalho dançar sobre o piso de madeira.

Não consegui dormir. Em algum momento, ouvi minha mãe subir para se deitar. Depois meu pai, uma hora mais tarde. Eles nunca subiam juntos. Mas ainda dormiam na mesma cama. Eu imaginava que fazia parte do pacote "família normal", como as refeições. Às vezes me perguntava se existiam momentos de carinho entre eles. Como entre mim e Gilles. Desejava isso para eles, mas sem muita convicção. Não imaginava uma vida sem carinho, especialmente numa noite como aquela.

Vi cada novo minuto expulsar o anterior no meu rádio relógio. Eles me pareciam cada vez mais longos. Eu estava com vontade de vomitar. Mas não queria me levantar e correr o risco de acordar Gilles, se é que ele tinha tido a sorte de pegar no sono. Ele estava de costas para mim, não conseguia ver seus olhos.

Por volta das cinco da manhã, alguma coisa me chamou para fora, como uma intuição.

Desci para o jardim. A escuridão me aterrorizou, mais ainda do que de costume. Imaginei criaturas escondidas na penumbra das árvores, prestes a devorar meu rosto, como o do sorveteiro.

Fui até o cercado das cabritas.

Noz-Moscada estava um pouco afastada das outras.

Embaixo do seu rabo havia um longo filamento viscoso.

Voltei para o quarto.

— Gilles, os bebês estão chegando.

Essas palavras – as primeiras que eu pronunciava desde que pedira meu sorvete com chantili – soaram estranhas. Como se viessem de um mundo desaparecido. Gilles não reagiu.

Fui acordar minha mãe, que desceu superanimada. Não sei como descrever uma ameba superanimada. É toda confusa e desajeitada. Fala rápido e alto, corre para a direita e para a esquerda. Água quente, álcool canforado, Povidine, toalhas, carrinho de mão, palha...

Tirei Gilles da cama para que fosse ver.

Foi o tempo de descer de volta e dois pequenos cascos já tinham saído. Depois um focinho. Noz-Moscada empurrou, baliu, empurrou, baliu, empurrou, parecia doloroso. E difícil também. De repente, o cabritinho escorreu para fora do seu corpo. Ela recomeçou a empurrar, balir, empurrar, balir, empurrar. Senti um cheiro estranho. Um cheiro quente de corpo e de tripas. O segundo filhote saiu. Noz-Moscada levantou-se e, enquanto lambia os cabritinhos, uma grande massa amarronzada jorrou para fora dela e se espatifou no chão, fazendo um barulho gorduroso e viscoso. Noz-Moscada virou-se e começou a comer a massa amarronzada que saíra de seu ventre.

O cheiro quente ficou mais forte. Parecia emanar do ventre de Noz-Moscada para preencher toda a atmosfera terrestre.

Eu fiquei imaginando como uma cabra tão pequena podia conter tanto cheiro. Minha mãe ficou de quatro e começou a beijar os cabritinhos. Dois machos. Ela encostava os lábios e esfregava o rosto em seus corpinhos pegajosos.

Depois, ainda de quatro, voltou-se para nós com o rosto manchado pelos resíduos de saco amniótico.

— Eles vão se chamar Cominho e Páprica.

Nos dias seguintes fez calor. Um sol branco descia num céu vazio. Meu pai estava nervoso. Voltou do trabalho com a cabeça baixa. Eu já tinha percebido que ele ficava assim quando passava muito tempo sem caçar. Quando entrava, batia a porta com força, jogava as chaves e a maleta, em seguida começava a procurar... uma razão para vomitar toda a sua raiva. Ele passava em cada cômodo, observava tudo na casa, o chão, os móveis, minha mãe, Gilles, Cora e eu. Ele farejava. Naqueles momentos, a gente sabia que era melhor desaparecer no quarto. Minha mãe não podia, ela tinha de preparar o jantar. Às vezes, ele se contentava em grunhir e ir se sentar diante da TV. Aquilo podia durar muitos dias. Ia crescendo.

E então, ele sempre acabava achando...

— O que é isso?

Ele perguntava devagar, bem baixinho.

Minha mãe sabia que aquilo ia acabar mal, não importava o que dissesse. Mas ela respondia mesmo assim.

— Macarrão com queijo e presunto.

— Eu sei que é macarrão com queijo e presunto.

Ele continuava falando bem devagar.

— Por que você fez macarrão com queijo e presunto?

E quanto mais devagar ele falava, mais terrível seria o acesso de raiva. Eu acho que era o momento mais assustador para a minha mãe. Quando ela sabia o que ia acontecer, que ele a observava atentamente, saboreando seu medo, sem pressa. Ele agia como se tudo dependesse da resposta dela. O jogo era esse. Mas ela sempre perdia.

— Ué, porque todo mundo gosta de...

— TODO MUNDO? E QUEM É "TODO MUNDO"?

E começava. Tudo o que ela podia fazer era esperar que a cólera do meu pai se esgotasse nos gritos. Ou melhor, estavam mais para rugidos. Sua voz explodia, saltava garganta afora para devorar minha mãe. E a retalhava, cortava em pedacinhos para fazê-la desaparecer.

E com isso minha mãe concordava. Desaparecer.

E se os rugidos não bastassem, as mãos vinham ajudar. Até que meu pai se esvaziasse completamente de sua cólera. Minha mãe acabava sempre no chão, imóvel. Ela parecia uma fronha vazia.

Depois disso a gente sabia que teria algumas semanas de calma pela frente.

Acho que meu pai não gostava do trabalho dele: era contador no parque de diversões que levara o zoológico à falência. "Os grandes comem os pequenos", ele dizia. Parecia que aquilo lhe dava prazer. "Os grandes comem os pequenos." Eu achava incrível trabalhar num parque de diversões. De manhã, quando ia para a escola, pensava comigo: "Meu pai vai passar o dia no parque de diversões."

Minha mãe não trabalhava. Ela cuidava das cabras, do seu jardim, da Cora e de nós. Ela não se importava de não ter seu próprio dinheiro. Contanto que o cartão de crédito funcionasse. Minha mãe nunca pareceu se incomodar com o vazio. Nem com a ausência de amor.

A caminhonete do sorveteiro ficou estacionada na frente da nossa casa durante vários dias.
Eu me fiz todo tipo de pergunta.
Quem vai limpá-la? E quando estiver limpa, o que vão fazer com o balde cheio de água, sabão, sangue e fragmentos de osso e de cérebro? Será que vão derramar no túmulo do velho para que todos os pedaços fiquem juntos?
Será que o sorvete que estava no freezer derreteu?
E se não derreteu, será que alguém vai tomar?
Será que a polícia pode prender uma menininha porque ela pediu sorvete com chantili?
E será que vão contar pro meu pai?

Em casa, nunca falamos sobre a morte do velho sorveteiro.
Vai ver meus pais pensaram que a melhor reação era fingir que nada tinha acontecido.
Ou acharam que o nascimento dos cabritinhos nos tinha feito esquecer o rosto em carne viva.
Na verdade, acho que eles nem se fizeram essa pergunta.

Gilles ficou em silêncio por três dias inteiros.
Eu não tinha coragem de olhar em seus grandes olhos verdes, pois tinha certeza de que veria projetado, infinitamente, o filme do rosto que explode.
Ele não comia mais. Seu purê com peixe empanado esfriava no prato.
Eu tentava distraí-lo. Ele me seguia como um robô obediente, mas estava morto por dentro.

Fomos ver Mônica. Algo tremeu sob a pele de seu pescoço quando ela soube o que acontecera com o sorveteiro. Olhou para Gilles. Eu tinha a esperança de que Mônica pudesse fazer algo por ele, de que apareceria com um caldeirão, uma varinha mágica ou um velho livro de magia. Mas ela apenas acariciou o seu rosto.

O cheiro morno do ventre de Noz-Moscada ainda pairava no ar.

Na verdade, acho que ele pairava principalmente na minha cabeça. De todo modo, daquele verão guardei a lembrança do cheiro grudento, persistente, que me seguia até nos sonhos.

Estávamos no mês de julho e, mesmo assim, as noites pareciam mais negras e mais frias do que no inverno.

Gilles vinha se aninhar na minha cama todas as noites. Com o nariz colado em seus cabelos, eu quase podia ouvir seus pesadelos. Teria dado tudo o que tinha para poder voltar no tempo, para o exato momento em que pedi aquele sorvete. Imaginei a cena milhares de vezes.

A cena em que digo ao sorveteiro: "Chocolate e flocos na casquinha, por favor, senhor."

E ele me diz: "Sem chantili hoje, senhorita?"

E eu respondo: "Não, obrigada, senhor."

E meu planeta não é tragado por um buraco negro. E o rosto do velho não explode diante do meu irmão e da minha casa. E continuo a ouvir a *Valsa das flores* no dia seguinte e no próximo, e a história acaba aí. E Gilles sorri.

Eu me lembrei de um filme que vi outro dia, no qual um cientista meio maluco inventava uma máquina para voltar no tempo. Ele usava um carro todo adaptado, com um monte de fios por todos os lados, tinha que andar muito rápido, mas ele conseguia.

Então, decidi que também inventaria uma máquina e que viajaria no tempo e que colocaria tudo aquilo em ordem novamente.

A partir daquele momento, minha vida não me pareceu mais uma versão errada da realidade, um rascunho destinado a ser reescrito, e tudo pareceu mais suportável.

Eu dizia a mim mesma que enquanto a máquina não ficasse pronta, e ainda não fosse capaz de voltar no tempo, precisava arrancar meu irmão do silêncio.

Eu o levei ao labirinto, até o kabum-lhota. "Senta."
Ele se sentou, obediente.
Peguei o volante e, ajoelhada sobre o banco, comecei a pular com todas as minhas forças, sacudindo o carro como nunca. "Kabum-lhota! Kabum-lhota! Kabum-lhota! Vamos, Gilles! Kabum-lhota!"
Ele ficou ali, sem reação, com seus grandes olhos verdes totalmente vazios. Parecia tão cansado…
Por sorte o dono não nos ouviu, pois do jeito que estava, Gilles se deixaria apanhar sem resistir.
Em casa, fiz novas marionetes, inventei novas histórias. Ele se sentava à minha frente, meu pequeno espectador. Eu falava de princesas que tropeçam em seus vestidos, de príncipes encantados que soltam pum, de dragões com soluço…

Finalmente, sem saber muito bem por que, eu o levei para o quarto dos cadáveres. Meu pai estava no trabalho e minha mãe tinha saído para fazer compras.

Quando entramos no quarto, senti o olhar da hiena sobre mim. Meus olhos tomaram cuidado para não encontrar os seus.

E, então, eu compreendi.

Lançou-se sobre mim como uma fera esfomeada, lacerando minhas costas com suas patas cheias de garras. Vinha dela o riso que ouvi quando o rosto do velho explodiu. A coisa que eu não conseguia nomear, mas que flutuava no ar, essa coisa vivia dentro da hiena.

Aquele corpo empalhado era o antro de um monstro. A morte morava na nossa casa. E ela me observava com seus olhos de vidro. Seu olhar mordia minha nuca, deleitava-se com o cheiro doce do meu irmão.

Gilles largou a minha mão e voltou-se para a criatura. Ele se aproximou, colocou os dedos sobre o focinho petrificado. Eu não ousava me mexer. Ela ia despertar e devorá-lo.

Gilles caiu de joelhos. Seus lábios tremiam. Ele acariciou a pelagem morta e passou seus braços em torno do pescoço da fera. Seu rostinho tão próximo da imensa mandíbula.

Em seguida, ele começou a soluçar, seu corpo de passarinho foi agitado por torrentes de terror. Como um abscesso que tivera o tempo de amadurecer, o horror explodia e se espalhava por suas bochechas.

Eu entendi como um bom sinal, sinal de que algo recomeçava a circular nele, de que a máquina voltava a funcionar.

Alguns dias mais tarde, substituíram o sorveteiro por outro. A *Valsa das flores* voltou. Toda tarde. Toda tarde, o rosto em carne viva na minha cabeça. Toda tarde, a crepitação nos olhos do meu irmão. Aquela música que tocava em algum elemento lá no fundo dele, a peça central do mecanismo que fabrica a alegria, destruindo-o um pouco mais a cada dia, tornando-o cada vez mais irreparável.

E toda tarde, eu repetia para mim mesma que não era nada de mais, que eu apenas estava na versão errada da minha vida e que tudo aquilo estava destinado a ser reescrito.

Quando a caminhonete de sorvete passava, eu tentava ficar perto de Gilles. Via claramente que o seu corpinho inteiro tremia ao ouvir a música.

Uma noite, não encontrei Gilles em seu quarto, nem no meu nem no jardim. Então, entrei no quarto dos cadáveres, sem fazer barulho, pois meu pai estava na sala.

Eu o encontrei lá, sentado perto da hiena. Ele cochichava em suas grandes orelhas. Não ouvi o que dizia. Quando notou minha presença, lançou-me um olhar estranho. Tive a impressão de que era a hiena me olhando.

E se o choque da explosão do sifão de creme tivesse aberto uma passagem na cabeça de Gilles? E se a hiena estivesse se aproveitando dessa passagem para ir morar dentro do meu irmãozinho? Ou para infiltrar nele algo de maléfico?

Aquela expressão, aquilo que eu vi no rosto de Gilles, não era ele. Cheirava a sangue e morte. Fez lembrar que a besta rondava e que dormia na minha casa. E então compreendi que ela vivia no interior de Gilles.

Meus pais não perceberam nada. Meu pai estava ocupado demais fazendo seus comentários sobre a TV com a minha mãe, e minha mãe estava ocupava demais sentindo medo do meu pai.

Eu precisava começar a construir a máquina do tempo o mais rápido possível. Fui ver a Mônica, certa de que ela poderia me ajudar. Desci pelos arranhões do dragão: sua casa ainda estava lá, com a mão do sol por cima.

Ela abriu a porta. Estava com um de seus vestidos compridos e cheios de cores, flores e borboletas. Sempre tinha um aroma de canela no interior da casa. Fui me sentar na banqueta coberta de pele de ovelha. Eu gostava muito de passar a mão nela, era macia. Era como o marfim no quarto dos cadáveres, tinha algo de poderoso nela. Como se o espírito do animal ainda vivesse ali. E pudesse sentir minhas carícias.

Mônica me ofereceu suco de maçã.

Algo também desaparecera de seu rosto desde a morte do sorveteiro. Não tive coragem de dizer que a culpa era minha, que eu tinha pedido chantili. Ninguém poderia saber disso nunca. Falei sobre Gilles e minha ideia de viajar no tempo.

— Nesse filme tem um carro, sabe, e ele precisa de muita energia. Eles usam plutônio. E quando não tem plutônio, eles usam um raio. Eu posso achar o carro e adaptar um pouco, mas não sei criar raio. Você sabe se dá para provocar uma tempestade?

Ela abriu um leve sorriso, sua tristeza saiu para dar uma volta lá fora.

— Sim, eu acho que é possível. Vai ser um puta trampo, vai dar um trabalho danado, mas acho que é possível. Pelo menos, já ouvi falar. É um misto de ciência e de magia. Se quiser, eu cuido da tempestade. Já a ciência, você vai ter que aprender fazendo. Mas se você quiser de verdade, vai conseguir, vai levar tempo, mais do que imagina, mas você vai conseguir. Como Marie Curie.

Mordi os lábios.

— Pô, você não sabe quem é Marie Curie? O que eles fazem o dia inteiro com vocês na escola? Cacete! Marie Curie, ué! Maria Salomea Sklodowska é seu nome verdadeiro. Ela passou a se chamar Curie quando se casou com Pierre Curie. "Primeira mulher a receber um prêmio Nobel. Única laureada em toda a história do Nobel a receber dois: prêmio Nobel de física com seu marido em 1903 por suas pesquisas sobre as radiações, depois Pierre morreu e *bum*! Outro prêmio Nobel em 1911, mas desta vez de química, por seus trabalhos sobre o polônio e o rádio.

"Foi ela quem descobriu esses dois elementos. O polônio, ela chamou assim em homenagem a seu país de origem. Aposto que você também nunca viu uma tabela periódica, viu?"

Fiz "não" com a cabeça.

— Caramba... Ela ralou a vida inteira que nem uma louca. Você já quebrou algum osso? Braço? Perna?

— Sim, o braço quando eu tinha sete anos.

— Certo, e fizeram uma radiografia para ver a fratura?

— Sim.

— Graças à Marie Curie.

— E você acha que ela poderia me ajudar? Ela mora onde?

— Ah, não. Ela já morreu. Por causa da radiação. Mas tudo isso foi pra te dizer que se trabalhar duro em alguma coisa, você pode conseguir.

— Então se eu arranjar um carro, você me ajuda com a tempestade?

— Juro de pés juntos.

Voltei para casa mais tranquila. Eu tinha uma solução e não estava sozinha.

Comecei já no dia seguinte. Procurei toda a informação possível sobre Marie Curie e a trilogia *De volta para o futuro*. Eu sabia que levaria tempo. Mas a cada dia, o estado de Gilles me chamava de volta ao meu dever.

O verão acabou e o ano escolar passou, sem graça e chato, como todos os outros. Dediquei todo o meu tempo livre à elaboração do meu plano.

O verão seguinte chegou. Gilles não tinha melhorado. O vazio dos seus olhos preencheu-se pouco a pouco com algo incandescente, pontiagudo e cortante. O que vivia no interior da hiena tinha, gradualmente, migrado para a cabeça do meu irmão. Uma colônia de criaturas selvagens tinha se instalado nela, alimentando-se de lascas do seu cérebro. Esse exército fervilhante multiplicava-se, queimava as matas nativas e as transformava em paisagens sombrias e pantanosas.

Eu o amava. E ia consertar tudo. Nada poderia me impedir. Mesmo que ele não brincasse mais comigo. Mesmo que seu riso tivesse se tornado sinistro como chuva ácida sobre um campo de papoulas. Eu o amava como uma mãe ama seu filho doente. Ele fazia aniversário no dia 26 de setembro. Decidi que tudo deveria estar pronto até aquele dia.

Meu pai tinha acabado de voltar de uma caçada no Himalaia. Trouxe de lá a cabeça de um urso-pardo, que ele pendurou na sua parede de troféus. Para criar espaço, foi obrigado a retirar algumas galhadas de cervos. A pele do urso, ele colocou sobre o sofá, e se esparramava sobre ela todas as noites para ver TV.

Ele ficou fora uns vinte dias e nós vivemos sua ausência como um alívio.

Nas semanas que antecederam sua partida, ele estava nervoso como nunca.

Uma noite, estávamos à mesa e eu sabia que ele teria um acesso de raiva. Nós quatro sabíamos. Havia dias ele voltava do trabalho farejando cada canto, o músculo tenso, prestes a saltar. Todo dia, Gilles e eu nos refugiávamos no quarto, convencidos de que ele ia explodir. Mas nada acontecia. E seu nervosismo acumulava-se como gás butano.

Naquela noite, estávamos à mesa. Todos comiam em silêncio. Nossos gestos eram precisos, medidos. Ninguém queria ser o responsável pela faísca que provocaria a explosão.

Os únicos ruídos que enchiam o cômodo emanavam do meu pai. De suas mandíbulas entre as quais grandes pedaços de carne desapareciam. De sua respiração curta e rouca.

No seu prato, as vagens e o purê pareciam duas ilhas perdidas no meio de um mar de sangue.

Eu me forçava a comer para me fundir ao cenário, mas estava com um nó no estômago. Eu o observava pelo canto do olho e espiava a chegada do cataclisma.

Ele largou os talheres.

Num sussurro quase inaudível, ele disse: "É isso que você chama de 'malpassado'?"

Minha mãe ficou tão branca que parecia que todo o seu sangue tinha partido para o prato do meu pai.

Ela não disse nada. Não havia resposta certa para aquela pergunta.

Meu pai insistiu: "E aí?"

— O seu prato tá cheio de sangue — ela murmurou.

Entre dentes, ele grunhiu: "Então você tá satisfeita com isso?"

Minha mãe fechou os olhos. Chegou a hora.

Com seus dois punhos monstruosos ele agarrou o prato e o pulverizou contra a mesa.

— MAS QUEM VOCÊ PENSA QUE É? CARAMBA!

Ele pegou minha mãe pelos cabelos e esfregou seu rosto no purê e nos cacos de porcelana.

— HEIN? QUEM VOCÊ PENSA QUE É? VOCÊ ACHA QUE É QUEM? VOCÊ NÃO É NADA! NADA!

Minha mãe gania de dor. Ela não suplicava, não se debatia, ela sabia que não adiantaria de nada.

Em seu rosto deformado, esmagado pela mão do meu pai, eu só distinguia a sua boca retorcida de pavor.

Nós três sabíamos que daquela vez seria pior do que todas as outras.

Gilles e eu ficamos paralisados nas cadeiras. Não pensamos em subir para o quarto. Geralmente, os ataques de cólera do meu pai explodiam após o jantar, nunca durante. Então, era raro que assistíssemos.

Ele ergueu a cabeça da minha mãe puxando-a pelos cabelos, depois projetou-a várias vezes sobre a mesa, no mesmo lugar, sobre os restos do prato. Eu já não sabia mais se o sangue era do bife ou da minha mãe.

Depois me lembrei que nada daquilo tinha importância, porque eu poderia voltar no tempo e apagar tudo. E que nada daquilo existiria no meu novo futuro.

Quando meu pai se acalmou, peguei Gilles pela mão e subimos para o meu quarto. Nós nos escondemos sob a coberta. Inventei que estávamos dentro de um ovo de avestruz e que brincávamos de esconde-esconde com a Mônica. Que tudo era uma brincadeira, só uma brincadeira. Uma brincadeira.

Dois dias depois, nosso pai foi caçar no Himalaia e pudemos voltar a respirar.

Alguns dias depois da volta do meu pai, Gilles e eu fomos acompanhar nossa mãe nas compras. Passamos pela loja de animais, pois ela precisava de vitamina em pó para as cabras. Era um galpão imenso onde se achava de tudo, tanto para animais domésticos como para gado. Minha mãe gostava muito de bater papo com o dono. Era um filho de fazendeiro que sabia tudo sobre animais. Então, eu aproveitava para me divertir nos rolos de palha com Gilles. Eles formavam pilhas de muitos metros, uma espécie de fortaleza que tínhamos de escalar. Precisava só tomar cuidado com os buracos. O dono contou que na sua família uma criança já tinha morrido ao cair num buraco entre os rolos.

Naquele dia estavam doando cachorros – eram os filhotes da cadelinha do galpão, um tipo de Jack Russel de pelo duro. Eu achava que parecia uma escova de dentes velha. Perguntei à minha mãe se podíamos pegar um. Ela concordou, é claro, mas a decisão era do meu pai.

Na mesma noite fui encontrá-lo na sala. Como tinha caçado seu urso pouco tempo antes, ele estava calmo.

De tempos em tempos, em vez de assistir à TV, ele colocava música. Claude François. Era raro. Mas tocou naquela noite. Aproximei-me do sofá sem fazer barulho, porque meu pai não gostava disso, de barulho.

Ele estava realmente muito calmo. Sentado com as costas bem retas, as mãos sobre os joelhos, imóvel.

Naquela hora, a luz exterior já tinha quase desaparecido da sala. Seu rosto estava meio engolido pela penumbra. Claude François cantava *O telefone chora*.

Meu pai tinha um reflexo estranho sobre a bochecha. Fui me aproximando dele de mansinho, sobre o sofá.

— Papai?

Ele teve um leve sobressalto, passou a mão sobre o reflexo para fazê-lo desaparecer, depois resmungou, mas não como de costume. Um resmungo mais suave.

Muitas vezes me perguntei por que ele chorava. Especialmente com aquela música. Eu sabia que ele nunca tinha conhecido o pai, mas ninguém me explicou por quê. Será que ele tinha morrido? Será que o tinha abandonado? Será que tinham escondido que ele tinha um filho? Em todo caso, essa ausência parecia ter aberto um buraco no peito do meu pai, bem embaixo da sua camisa, e ninguém tinha conseguido fechá-lo. Esse buraco aspirava e triturava tudo o que se aproximava dele. Era por isso que ele nunca tinha me pegado no colo. Eu o compreendia e não lhe queria mal por isso.

— Papai, olha, hoje na loja de animais tinha uns filhotes de cachorro e eu queria saber se eu podia pegar um.

Ele me olhou. Tinha um aspecto cansado como se acabasse de perder uma batalha.

— Tudo bem, meu amorzinho.

Meu amorzinho. Achei que meu coração ia explodir. Meu amorzinho. Meu pai me chamou de "meu amorzinho". Essas duas palavrinhas rodopiavam nos meus ouvidos como vagalumes, depois foram se infiltrar no fundo do meu peito. Sua luz brilhou lá durante vários dias.

No dia seguinte, minha mãe nos levou para buscar o cachorrinho.

Gilles acariciou um a um. Ele não sorria, mas aquilo parecia lhe fazer bem, aquelas bolinhas quentes e macias entre suas mãos. "Você escolhe o filhote, e eu o nome, tá bem?", eu disse.

Ele ergueu o que estava sobre os seus joelhos. "Este aqui."

O dono da loja de animais disse: "É fêmea."

Eu disse: "Ela vai se chamar Curie. Como Marie Curie."

Pensei que o nome me traria sorte. Que talvez aquilo chamasse a atenção de Marie Curie, lá do alto, no Paraíso – quer dizer, se o Paraíso existisse –, e que ela me daria uma mãozinha.

Quando voltamos para casa, levei Gilles e Curie ao labirinto dos carros mortos. Para que Curie o conhecesse, mas também porque eu precisava escolher o carro que usaria para fabricar minha máquina de voltar no tempo.

Ao atravessar o milharal, cruzamos com as crianças do Conceito. A gangue do Derek. Eu não gostava muito daqueles caras. Eles só pensavam em brigar. Não que eu gostasse muito de Barbie e de pular corda: eu também gostava bastante de lutar, mas de brincadeira. Para ver quem era o mais forte, não para machucar. Mas eles mordiam e davam socos no estômago de verdade. Principalmente Derek. Ele tinha uma cicatriz estranha perto da boca que lhe dava uma careta selvagem, uma espécie de sorriso, mesmo quando estava com raiva. E ele estava sempre com raiva, uma raiva bem instalada que fizera um ninho nos cachos dos seus cabelos loiros.

Além disso, Derek e seu bando eram maus com Gilles porque ele era pequeno. Então, quando a gente cruzava com eles, tentava evitá-los.

Eles nos viram de longe e Derek gritou: "Ei, seus riquinhos!"
Ele dizia isso só porque a nossa casa era um pouco maior do que as outras do Conceito. E porque tínhamos uma piscina inflável.
Fingimos não ouvir e corremos até o labirinto.
Tinha um monte de carros novos que chegaram, levei a tarde inteira para acalmá-los. Porque eram muitos, e também porque Gilles não quis me ajudar. Ele ficou sentado num canto traçando formas na areia com um pedaço de pau.
Notei uma carcaça que parecia em bom estado. Um belo carro vermelho que lembrava um pouco o DeLorean do doutor Brown. Na minha opinião, ele tinha morrido de velhice, não por causa do acidente.
Agora eu precisava voltar à casa da Mônica mais uma vez.

No dia seguinte à chegada de Curie, minha mãe voltou toda orgulhosa da loja de ferragens. Ela mandou fazer uma plaquinha. Minha mãe sempre cobria os animais de atenção. Olhei o pequeno círculo de metal sobre o qual ela mandara gravar nosso número de telefone de um lado e "Curry" do outro.

Eu nunca senti muita coisa pela minha mãe, a não ser uma profunda compaixão. Quando meus olhos deciframm aquelas cinco letras, a compaixão dissolveu-se imediatamente numa poça de desprezo sombrio e fedorento.

Decidi rebatizar a filhote de Sklodowska. Marie Curie ficaria ainda mais feliz se eu desse seu nome de solteira à minha cadelinha.

Mas Sklodowska era um tanto comprido. Então, para simplificar, abreviei para Dovka.

Meu pai riu e começou a chamá-la de Vodca.

É claro que joguei a plaquinha fora e disse aos meus pais que Dovka a tinha perdido.

Voltei à casa da Mônica. Eu tinha entendido, mais ou menos, o que deveria fazer com o carro para transformá-lo numa máquina para voltar no tempo. Quando cheguei à sua casa, ela estava sentada do lado de fora, sob um raio de luz. Sentada sobre um grande tronco de árvore coberto com uma manta de crochê colorida, ela fabricava um vaso com uma roda de oleiro.

Eu a observei por alguns instantes sem que ela me visse. Seus braços secos e musculosos salpicados de sardas, sua pele acobreada cheirando a cardamomo e seu olhar de sacerdotisa ameríndia, devem ter lotado hospitais psiquiátricos de amantes desesperados.

Quando me viu, ela me recebeu com aquela sua voz que soava como o mar aberto.

— Olha só! Fazia tempo que ela não aparecia por aqui! Tudo bem, menina?

Eu lhe expliquei tudo o que tinha aprendido sobre viagens no tempo e meu objetivo para o 26 de setembro.

Depois de ler uma biografia da Marie Curie, percebi que queria ser como ela. Alguém que não tem medo de assumir seu lugar, de ter um papel e de contribuir para o progresso da ciência.

Ela riu. "Ora, ora! Muito bem, minha querida!"

Eu lhe perguntei se tinha avançado em relação à tempestade. Ela me disse que ia precisar de um objeto.

— Algo de insubstituível. Não precisa ser necessariamente algo caro, mas deve ser insubstituível. Um objeto precioso para você ou para alguém que você ama. Quanto mais valor sentimental ele tiver, mais poderosa será a magia e maiores as chances de funcionar. Quando você encontrar o objeto, volte aqui. Outra coisa: só posso provocar a tempestade numa noite de lua cheia.

A ideia me veio na hora. Eu sabia qual era o objeto ideal. Um arrepio gelado percorreu a minha nuca. Era loucura, mas era a única solução.

— Vou voltar com o objeto quando o carro estiver pronto, no fim do verão.

Peguei o caminho de casa. Estava com vontade de levar Dovka para dar uma volta no campo. Talvez Gilles quisesse me acompanhar. Mesmo que naquele momento ele passasse a maior parte do tempo jogando *Game Boy*. Às vezes, ele ainda aceitava ir brincar de esconde-esconde comigo no milharal. As grandes folhas cortantes arranhavam nossas bochechas e braços. À noite, depois de brincar de esconde-esconde no milho, minha pele ficava em brasa e eu jurava a mim mesma nunca mais fazer aquilo de novo.

Quando cheguei em casa, não encontrei Dovka no jardim. Fui ver se estava na sua caminha na sala, pois como ainda era muito pequena, dormia muito. Também não estava lá.

Perguntei à minha mãe, que acabava de voltar das compras, mas ela não tinha visto a Dovka. Seu rosto ainda guardava as marcas da grande fúria do meu pai. O que mais demorava para cicatrizar era um corte profundo, bem embaixo do olho direito.

Ela me ajudou a procurar, revistamos a casa, o jardim, o cercado das cabras, mas nenhum sinal da Dovka. Gilles também não a tinha visto. Ele estava perto da hiena de novo. Minha mãe deu uma bronca nele: era proibido entrar ali. Se nosso pai ficasse sabendo...

O pânico começou a apertar sua grande mão em volta da minha garganta. Exatamente como na noite da morte do sorveteiro. Por que eu não levei Dovka comigo para ver Mônica? Era preciso ampliar as buscas. Se ela não estava em casa, não podia estar muito longe. No Conceito ou no bosque. Mas era preciso agir rápido.

Minha mãe foi em direção ao bosque, Gilles e eu para o Conceito. Pensei que talvez ela encontrasse a Mônica. Eu gostaria de estar lá para ver, se isso acontecesse. Mas tinha coisas mais urgentes a fazer.

Fazia um calor sufocante. Um desses dias de verão escaldante que terminam num céu cor de piche e numa tempestade carregada do perfume de asfalto incandescente.

Gilles e eu fomos bater em todas as casas.

Eu estava feliz por ele aceitar me ajudar.

Como pequenos vendedores, passávamos de porta em porta, repetindo o mesmo discurso.

De modo geral, as pessoas eram gentis. Especialmente um jovem casal. A moça abriu a porta: uma grande pluma esbelta e suave que cheirava à massinha de modelar, com um bebezinho nos braços. Ela chamou o noivo, um homem ainda maior do que ela, sem camisa e tatuado, muito musculoso. Orgulhosa e apaixonada, a Pluma disse: "Campeão de caratê." Ela nos achou tão bonitos e bem-educados. Eles nos ofereceram suco de laranja. Notei que Gilles observava o bebê com uma atenção que havia muito tempo eu não via nele. O campeão de caratê pareceu sinceramente preocupado com Dovka. Não consegui deixar de estudar a topografia daquele tórax, o relevo dos músculos sob a pele, as veias saltadas... Pensei num cavalo selvagem. Um animal poderoso, inquieto, mas doce. Eu quis que ele me abraçasse. Alguma coisa quente se dilatou na minha barriga.

Imediatamente compreendi que essa dilatação me desviaria dos meus objetivos, então eu a sufoquei contraindo os músculos abdominais com todas as minhas forças. Terminamos nosso suco de laranja, nos despedimos, agradecemos, e continuamos nossa investigação.

De casa feia em casa feia, nossas esperanças definhavam. Eu começava a imaginar a coitada da minha cachorrinha atropelada no acostamento de alguma estrada ou devorada por uma raposa.

A particularidade daquelas casas todas idênticas é que, na verdade, elas não eram totalmente iguais. Aliás, nem um pouco. A arquitetura era a mesma: uma espécie de contêiner de polipropileno cinza perfurado por raras janelas, coberto por um telhado de ardósia. Mas nessa semelhança, cada diferença saltava aos olhos. Cada cortina, cada vaso de flores, cada luminária transpirava a personalidade dos habitantes, seu modo de vida. Algumas casas pareciam esbravejar a solidão de seus ocupantes e a inconsistência vertiginosa de sua existência. Como a daquela velha senhora, cuja grama era povoada por criaturas de porcelana, anões, cervos, coelhos.

Chegamos a uma casa que parecia ainda mais cinza do que as outras. Eu a conhecia. Era nela que Derek morava.
Na grama amarelada do pequeno jardim, um pneu velho jazia ao lado de uma caixa de areia de plástico vermelho desbotado em formato de concha. Perto da porta, os restos do que deve ter sido um armário modular apodreciam como o cadáver inchado de um afogado na margem de algum rio.
Toquei a campainha, apesar do medo instintivo que começava a roer minhas vísceras.
Uma voz rugiu por trás da porta.
— O que é?!
— Oi, a gente tá procurando a nossa cachorrinha que desapareceu. Por acaso o senhor não a viu?
A porta se abriu e surgiu um cara de roupa esportiva, exalando um cheiro forte, uma mistura de álcool, tabaco barato e urina. Uma parte do seu cérebro estava ocupada nos observando, enquanto a outra parecia lutar vigorosamente para manter o corpo de pé. Em uma de suas mãos, dobrada contra o peito, ele segurava Dovka.

A cadela começou a latir e se agitar quando nos viu. O homem cambaleou.
— Ah! O senhor a encontrou! Obrigada!
Então, o sujeito fez uma careta estranha, um biquinho com os lábios, franziu um pouco os olhos e disse exatamente assim:

— Diz pro teu pai que eu só vou devolver esse pulguento se ele deixar a gente nadar na piscina de vocês, eu e o meu moleque.

O corpo do sujeito inclinou-se para o lado, deixando aparecer Derek, que estava dois metros atrás dele, no hall de entrada. O olho esparramado sob as pálpebras inchadas permanecia fixo em Gilles e em mim. Mas, naquele momento, todas as funções cerebrais do homem se mobilizavam para impedir a queda do seu corpo.

Dovka gania e se debatia com cada vez mais força. Imaginei o verdadeiro suplício que era ter um olfato de cão naquela casa. Até eu já estava com dificuldade para respirar.

Parece que um punhado de neurônios do sujeito se libertou da luta contra a gravidade e acionou um músculo para fechar a porta.

Não tive coragem de olhar para Gilles. Porque eu sabia que se o meu olhar encontrasse o seu, as lágrimas que eu segurava com todas as minhas forças começariam a rolar. E eu não queria que ele me visse chorar. Não por receio que minha tristeza profunda fosse contagiosa, mas porque eu tinha medo de que minhas lágrimas alimentassem os parasitas que proliferavam na sua cabeça.

Voltamos para casa em silêncio.
Ao chegar, expliquei o problema para a minha mãe.
Ela pareceu um pouco confusa, seus olhos dançaram alguns segundos nas órbitas, em seguida, ela disse:

— Tem que falar com o seu pai quando ele voltar.
Eu imaginava o sofrimento da Dovka. Estava fora de cogitação deixá-la naquela casa até que o meu pai voltasse.

Pensei novamente no campeão de caratê e em seu corpo de cavalo selvagem. O negócio quente na minha barriga dilatou-se de novo, mais forte do que antes. Dessa vez, deixei, porque senti que agora não tinha nenhuma contradição entre a dilatação e meu objetivo de tirar a Dovka de lá a qualquer preço.

Saí de novo, Gilles me seguiu. Toquei a campainha, Pluma abriu a porta, um pouco surpresa. O Campeão escutou a nossa história. Seu maxilar contraiu-se criando um belo relevo sob suas orelhas. Parecia Clark Kent quando se transforma em Super-Homem. A situação despertou seu instinto de super-herói.

Sem ao menos se dar ao trabalho de vestir uma camiseta, o Campeão nos pediu para segui-lo e se dirigiu à casa mais cinza do que as outras.

Ele esmurrou a porta. Foi Derek quem abriu. Ele nem teve tempo de entender o que estava acontecendo: o Campeão o empurrou e se precipitou para dentro da casa. Eu fui atrás. O pai do garoto estava jogado num sofá velho que devia abrigar todo um ecossistema de parasitas e de fungos. Dovka dormia em seus braços. O Campeão pegou o filhote delicadamente e me devolveu. O sujeito abriu um olho. Ele só teve tempo de ver o punho do Campeão abater-se sobre seu maxilar. Enquanto batia no homem como se fosse um saco de areia, o Campeão não parava de repetir, várias e várias vezes: "Seu velho de merda!". Os socos faziam um ruído seco. Derek lançou-se sobre o braço inchado, tenso e poderoso como uma coluna de perfuração e tentou mordê-lo. O Campeão o agarrou com a mão livre e o fez rodopiar até o outro canto da sala.

Quando acabou de despejar toda a sua raiva sobre o sujeito, ele olhou seu punho cheio de sangue com um ar perplexo, perguntando-se se era seu. O homem estava incrustado no sofá como um coelho no asfalto de uma estrada. O sangue escorria da sua boca para ir se misturar às outras manchas sobre a sua camiseta.

Nos olhos de Gilles, eu vi os parasitas exultarem diante do espetáculo. Eles voltaram a se reproduzir, colonizar, devastar as poucas terras ainda férteis e vivas na cabeça do meu irmãozinho. Peguei a mão dele, e disse "Obrigada, moço" ao Campeão, que sorriu acariciando a cabeça de Dovka.
Ele disse: "Não foi nada, minha querida." Num canto da sala, Derek, apavorado, não ousava se mexer.

Voltamos para casa. No caminho de volta, a caminhonete do sorveteiro passou tocando a *Valsa das flores*. Peguei a mão de Gilles. Ela estava fria e rígida como um pássaro morto. Mais uma vez a hiena riu, rasgando as minhas vísceras.

No meu livro *Amigo da ciência* estava escrito que de todas as teorias sobre viagem no tempo, a mais verossímil era a teoria do "buraco de minhoca". Basicamente, segundo ela, seria preciso criar um buraco de minhoca, o que permitiria o deslocamento de um espaço-tempo a outro. E, para criar um buraco de minhoca, seria preciso acelerar partículas com uma energia fenomenal.

No meio de toda a tralha abandonada no cemitério de carros, achei um velho micro-ondas.

Tentei conectá-lo à bateria do carro. Se minha teoria estivesse certa, bastaria programar o micro-ondas para a data e a hora da morte do sorveteiro, conseguir dar a partida no carro e provocar a tempestade, tudo isso numa noite de lua cheia.

Ainda faltava entregar à Mônica o objeto de que ela precisava.

A próxima lua cheia cairia no dia 29 de agosto. Eu sabia que estaria pronta.

Os dias que se seguiram ao rapto da Dovka deixaram a lembrança de uma longa agonia. Como se antes mesmo de nascer, aquele verão tivesse sido vítima de um câncer fulminante. O jardim florido lembrava um quarto de hospital.

Eu esperava o dia 29 de agosto.

Gilles passava cada vez mais tempo no quarto dos cadáveres conversando com a hiena. Os parasitas tinham tomado o poder da sua cabeça. Até o seu rosto estava diferente. Os olhos afundaram nas órbitas, e em volta delas, o rosto parecia ter se dilatado por causa da proliferação dos parasitas que devoravam seu cérebro.

    Mesmo assim, eu tinha certeza de que, em algum lugar lá no fundo da sua alma, existia um bastião de resistência. Uma aldeia de gauleses que sobrevivia ao invasor. Eu tinha certeza, porque todas as noites ele corria para a minha cama. Sem dizer nada, se aninhava a alguns centímetros de mim. Eu podia ouvir suas lágrimas chocando-se contra o colchão como pequenos corpos que caem. Entendi que o som de suas lágrimas era a súplica da aldeia gaulesa que ecoava quando os parasitas adormeciam. Eu o abraçava, mesmo que alguma coisa dentro de mim dissesse que seu corpo contra o meu, seus sete anos, meus onze anos, tudo aquilo começava a ficar esquisito.

    Mas eu não estava nem aí. Tinha a esperança de que, por indução, eu conseguiria alimentar sua zona de resistência. Imaginava aviões lançando caixas de mantimentos sobre a população de homens, mulheres e crianças esqueléticos, mas robustos. Uma tribo solidária, alegre, corajosa, com uma vontade de ferro. Homens vestidos de tangas de couro marrom, com o porte do campeão de caratê do Conceito, o peito tatuado, a pele acobreada, aveludada pela carícia do salpicar das ondas, os músculos inquietos, ansiosos para exterminar os parasitas.

Enquanto essa tribo permanecesse viva, meu irmãozinho não estava totalmente perdido.

Uma manhã, porém, compreendi que a tribo tinha sofrido uma derrota.

No quarto de Gilles tinha uma chinchila. Helmut. Uma bolota de pelo cinza que levava uma vida pacífica de roedor em sua grande gaiola de plástico.

Serragem, um bebedouro, uma roda, um pouco de feno, nada de muito original.

Um dia minha mãe a trouxe da loja de animais, referindo-se a esse tipo de loja como "o inferno na terra", onde os animais viviam em condições "absolutamente assustadoras".

Naquela manhã, alguns dias antes da volta às aulas, eu estava no meu quarto desembalando o material novinho que tinha acabado de comprar com a minha mãe. Sempre gostei dos preparativos para a volta às aulas. O cheiro dos cadernos novos, dos lápis, da borracha, as divisórias; a lista que riscamos aos poucos; as coisas que possuímos pela primeira vez (naquele ano descobri o compasso com alegria).

Eu gostava de tudo o que tinha a ver com começos: aquele momento em que imaginamos que as coisas vão acontecer de acordo com um esquema planejado, que cada novo elemento vai chegar numa esteira rolante, como um pacote num centro de distribuição, e que basta colocá-lo no lugar certo.

Títulos em azul, subtítulos em vermelho. A borracha para o lápis, o corretivo para a caneta. O lanche no bolso da frente da mochila, a garrafinha no compartimento lateral.

A pasta de matemática com uma divisória para as frações, outra para a geometria, uma terceira para as tabuadas, e mais uma para os exercícios.

Algumas horas tranquilas e quentes como o ventre materno, durante as quais eu podia manter a ilusão de possuir um aparente controle sobre o curso da minha existência. Como se existisse uma muralha para me proteger da hiena.

Obviamente, eu sempre acabava percebendo que havia folhas inclassificáveis, que não eram, de fato, nem exercícios, nem geometria, nem tabuada. Que a vida é uma grande sopa num liquidificador, no qual é preciso tentar não acabar triturado pelas lâminas que te puxam para o fundo.

Estava ocupada arrumando minhas canetinhas no estojo, quando um barulho estranho veio do quarto do Gilles. Um guincho. Eu me aproximei da porta entreaberta, sem fazer barulho. Ele estava ajoelhado no chão. Com uma mão, imobilizava Helmut, com a outra, enfiava uma tachinha em sua pata. A chinchila contorcia-se de dor, lançando gritos hiperagudos de desespero.

— O que você tá fazendo?

Ele me olhou com seus grandes olhos vazios. Não havia o menor sinal de culpa. Deu apenas para entender que eu tinha interrompido uma brincadeira. E fazia tanto tempo que ele não se divertia que, por uma fração de segundo, me senti mal por ter estragado o que parecia ser um momento de prazer.

Fechei a porta.

Não disse nada a ninguém.

Acho que me convenci de que o sistema nervoso da chinchila devia ser uma coisa bastante primitiva e que aquilo poderia ajudar meu irmão a recuperar o sorriso até que o 29 de agosto chegasse, que o sacrifício valia a pena. E analisando a questão pelo ponto de vista do ciclo de reencarnações, aquilo era excelente para o carma de Helmut.

Aliás, Helmut morreu algumas semanas depois. Ataque cardíaco.

Enfim, o dia 29 de agosto chegou. Acordei cedo. Da janela do meu quarto eu podia ver o bosque dos Enforcadinhos flutuando numa bruma rosa.

Pensei que talvez a Mônica quisesse vestir o dia com uma luz mágica.

Ela tinha me pedido para levar o objeto valioso de manhã, assim ela teria tempo de enfeitiçá-lo durante o dia. Analisei o pedido por todos os ângulos: o objeto mais poderoso da casa, o único que possuía um valor sentimental, era a presa de elefante. Meu pai gostava dela mais do que tudo. Se a casa pegasse fogo, acho que primeiro ele salvaria seu troféu, depois Gilles e eu.

Havia um único ponto fraco no meu plano: eu precisava levar a presa até a casa da Mônica de manhã e meu pai não poderia entrar no quarto dos cadáveres o dia inteiro. Era um sábado, ele não ia trabalhar.

Se ele notasse o desaparecimento antes que eu a colocasse de volta no lugar, à noite... eu nem queria imaginar do que ele seria capaz.

A casa dormia. O Conceito dormia. Até as cabritas ainda dormiam no cercado.

Eu tinha de esperar que todo mundo acordasse para me levantar. Tudo deveria parecer o mais normal possível. Minha mãe era sempre a primeira a acordar. Começava dando bom dia a Cora, que a recebia com seus trinados. Em seguida, ela saía para alimentar as cabras.

Era o sinal que Gilles e eu esperávamos para nos levantar.

Fiquei esperando por muito tempo, olhando para o teto. Pensei nos parasitas na cabeça de Gilles. Pensei na hiena. Naquela noite, venceríamos a batalha. Nada daquilo existiria.

Era o último dia do meu rascunho de vida. Meu pai ainda teria seus ataques de fúria, é claro, e minha mãe ainda seria uma ameba. Mas eu teria meu irmãozinho de volta. E seu riso com todos os dentes de leite.

Cora gritou.

Eu me levantei.

Minhas roupas estavam me esperando sobre a cadeira, preparei tudo na véspera.

Desci para tomar o café da manhã.

Meu pai ainda estava dormindo.

Engoli uma tigela de cerais depressa.

Gilles se juntou a mim em silêncio, e bebeu um copo de leite em pequenos goles, com ar ausente.

Não consegui evitar e disse: "Tudo vai ficar bem, você vai ver."

Ele franziu as sobrancelhas, tinha um bigode de leite.

— Do que você tá falando?

— Nada, você vai ver.

O quarto dos cadáveres ficava bem ao lado do quarto dos meus pais. Era arriscado pegar a presa de elefante enquanto meu pai dormia a poucos metros dali. Mas era ainda mais arriscado esperar que ele se levantasse.

Esgueirei-me sem fazer barulho até o corredor. Eu sabia exatamente quais tábuas evitar para que o piso não rangesse.

Entrei e fechei a porta atrás de mim. A hiena me mordeu com os olhos, como sempre. Eu tinha a impressão de que era meu pai que me olhava através dela.

A presa de elefante estava apoiada sobre dois ganchos. Eu a levantei. Fiquei surpresa com o peso: era muito mais pesada do que tinha imaginado. Eu a estava enrolando numa toalha de banho quando ouvi um barulho no quarto do meu pai. Ele estava se levantando.

Prendi a respiração. Sua carcaça de cão de guarda fez mexer uma tábua do piso sob meus pés. Ele saiu do quarto.

Sua silhueta à luz do amanhecer desenhou uma sombra sob a porta. A sombra permaneceu imóvel por alguns segundos, durante os quais olhei fixamente para a maçaneta da porta.

Ele fungou, pigarreou, depois foi para o banheiro. Não ousei me mexer novamente até ouvir o barulho do chuveiro.

Desci com a presa debaixo do braço, embrulhada na toalha. Minha mãe estava na cozinha, saí sem ser vista.

Corri o mais rápido possível em direção ao bosque e à casa da Mônica.

Bati à porta. Quando ela abriu, parecia ainda um pouco sonolenta. Eu a achei mais bonita que de costume. Por trás de seus longos cabelos grisalhos despenteados, ela sorriu.

— Ah, menina! Quer entrar?

Entrei e desembrulhei o marfim. Ela arregalou os olhos.

— Mas o que é isto?

— É o objeto mais precioso da minha casa. Foi meu pai que caçou, é muito apegado a ele.

— Mas ele deixou a gente usar?

— Ah, não! Mas ele nem vai perceber, já que a gente vai voltar no tempo.

— Bem pensado.

Ela refletiu por alguns segundos acariciando o marfim.

— Mas não preciso de um objeto tão poderoso assim, sabe? Eu estava pensando mais num urso de pelúcia ou algo do tipo.

Ela refletiu por mais alguns segundos.

— Você vai colocar esta presa de volta onde encontrou, e vai me trazer um bichinho de pelúcia, está bem?

— Isso é muito perigoso. Agora meu pai está acordado, não posso voltar para casa com isso. Se me pegar, ele...

Minha boca virou do avesso, minhas palavras ficaram na garganta e duas grandes lágrimas escorreram.

Odiava isso. Eu já não gostava de chorar, mas quando me pegava de surpresa, ficava furiosa comigo mesma.

— Eu não posso levar esse negócio de volta. A gente precisa voltar no tempo, é a única solução.

Mônica olhou minhas lágrimas como se fossem suas. Seus olhos fizeram pequenos movimentos rápidos da direita para a esquerda. Isso me lembrou uma palavra que eu tinha aprendido na escola: "atônita". Ela estava atônita.

— Mas... Você sabe que tudo isso é só uma brincadeira, né?

Não entendi o que ela estava me dizendo, mas aquilo me atingiu como uma bofetada. Antes de decifrar o sentido das palavras, meu cérebro decifrou tudo o que havia de monstruoso naquela frase. Uma brincadeira? Era tudo menos uma brincadeira. Fiz um esforço sobre-humano para conter as lágrimas e a raiva.

— O carro está pronto, eu arranjei tudo que precisava, só preciso de uma tempestade. E você me disse que podia fazer essa tempestade. Vai dar certo! Hoje à noite a gente volta no tempo e salva meu irmãozinho. Você me prometeu! A gente salva meu irmãozinho, o sorveteiro e as imagens param de devorar a minha cabeça. Você me prometeu!

Então, foram as lágrimas dela que começaram a escorrer. Ela pegou meu rosto em suas mãos e fez "não" com a cabeça.

— Eu sinto muito.

— Mas você é uma feiticeira...

Ela fez "não" com a cabeça mais uma vez.

Eu tinha que correr. Só correr. Fugir daquela frase: "Mas... Você sabe que tudo isso é só uma brincadeira, né?"

Saí da casa, da marca da garra do dragão, cheguei ao milharal. Corri tão rápido que senti que minhas pernas tinham dificuldade em me seguir. As folhas afiadas cortavam minhas bochechas, mas eu nem ligava.

Se elas pudessem me cortar inteira, me fazer desaparecer em minúsculas lascas de carne que caíssem como chuva vermelha sobre o milharal, eu agradeceria. Cheguei ao topo da ladeira de areia e pulei. Ali também, eu queria mais era me espatifar lá embaixo, que tudo se acabasse. Ouvir pela última vez o riso da hiena e depois o silêncio. E a escuridão.

Mas eu só caí alguns metros mais para baixo, sobre a areia amarela. Chorei convulsivamente por alguns minutos.

Cravei meus dedos na areia, arranhei a terra úmida até quebrar as unhas. O sol rasante da manhã veio lamber minhas lágrimas. Um vento quente, leve como uma sombra, beijou meus cabelos. Pareciam querer me acalmar. Não funcionou. Uma raiva ardente infiltrou-se em mim com tanta força que parecia que a tinham injetado na garganta. Fui até o carro de voltar no tempo. Peguei uma barra de ferro e bati. Bati no para-brisa, bati no capô, bati no micro-ondas, bati num ano inteiro de trabalho, de esboços, de pesquisas e de esperança.

— Mas o que é isso?!

O dono chegou. Eu o encarei segurando a barra de ferro. Tive o impulso de bater nele também. Ele precisava pagar, alguém precisava pagar, não importa quem. O que me dilacerava por dentro tinha que sair para devorar alguém.

Dei um salto. O dono agarrou a barra de ferro com uma mão e acertou o meu rosto com a outra. Fui arremessada contra um carro.

O choque foi tão violento que não consegui respirar durante alguns segundos. Ele olhou para mim. Estava vermelho e suas veias saltavam do pescoço. Ainda segurava a barra de ferro na mão. Aproximou-se, levantou a barra acima da minha cabeça e berrou:

— Sai daqui, sua pirralha de merda!

Eu me levantei e corri para a ladeira de areia, as raízes, o milharal, o pequeno bosque e a minha casa. Pela primeira vez na vida, minha casa me pareceu um refúgio, e eu não tinha certeza se isso era uma boa notícia.
Entrei pela frente para não despertar suspeitas. Gilles brincava em seu quarto sem fazer barulho.
Eu me deitei na cama e esperei que tudo se acalmasse no meu ventre.
Depois refleti. Meu problema mais urgente era a presa de elefante. Eu precisava ir buscá-la na casa da Mônica e colocá-la de volta no lugar sem que meu pai percebesse.
Levantei-me novamente. A ideia de voltar à casa da Mônica me dava uma sensação estranha. Entre a vontade e a repulsa.

Enquanto descia, decidi levar Dovka comigo. Normalmente, meus pais não questionavam minhas idas e vindas. Mas, por precaução, era melhor ter a desculpa de um passeio com o cachorro. Saí.

No terraço, por trás da xícara de café, meu pai observava a minha mãe dando feno às cabras.
Enquanto fazia isso, minha mãe cantava para elas. Dizia que isso lhes fazia bem. Sobretudo para Cominho, que, segundo ela, tinha um temperamento neurótico.
Era um bicho bem ruim, isso sim.
Um bode agressivo e malvado.
Mas não era culpa dele; como Cora, ele não suportava viver enjaulado. Além disso, o cercado era pequeno demais

para cinco cabras. Mas minha mãe não aceitava se desfazer de uma delas.

Então, cantava para elas.

E meu pai observava.

Aquelas músicas não pareciam acalmá-lo, não. Muito pelo contrário. Ele estava com aquela cara. Sua boca se contorcia. Do lado direito, o canto da boca curvava-se para baixo, como uma criança que vai começar a chorar, e do lado esquerdo, o lábio superior se levantava, como um cachorro que rosna.

E ele fazia movimentos estranhos com o maxilar.

Saí pelo jardim.

A voz do meu pai retumbou por trás de mim:

— Aonde você tá indo?

Dei um pulo de susto.

— Vou levar a Dovka pra passear.

— Arranjou um namoradinho, é isso? — Ele deu uma risada seca.

— Não, não.

— Se tá achando que eu não vi a tua cara de sonsa... Arranjou um namorado! — Ele riu de novo.

— Não, não arranjei, eu...

Escapei.

Ele sabia que eu estava escondendo alguma coisa. Não sabia o quê, mas sentia. O medo me fez voltar a chorar.

Cheguei à casa da Mônica assim, com as bochechas em fogo e ensopadas. Eu nem ligava para o que ela ia pensar. Só queria pegar a presa de volta o mais rápido possível.

Ela estava me esperando do lado de fora, sentada no tronco de árvore. A presa embrulhada na toalha estava a seu lado. Peguei-a murmurando: "Tenho que colocar de volta no lugar." Mônica segurou meu punho: "Espera, menina." Sua voz estava rouca. E suas bochechas também estavam vermelhas.
— Eu te levei na conversa com a tempestade, mas não com o resto. Não com Marie Curie. Você tem estômago, baixinha. O estômago dos que realizam grandes coisas. Hoje você levou um direto na cara, mas... continua lutando. Eu sinto muito, não sou uma feiticeira. Mas você... você não é qualquer uma, não, senhorita. E se alguém te disser o contrário, pode dizer que mandei se ferrar.

Eu não estava a fim de escutá-la, só queria colocar a presa de volta na parede, de onde ela nunca deveria ter saído. Ela apertou meu punho com mais força.
— Você vai continuar vindo me visitar?
Fiz "sim" com a cabeça, sabendo que não o faria. Só queria que ela me largasse.

Voltei ao Conceito.
Do pequeno bosque, eu podia ver a nossa casa e o nosso jardim. A vegetação me permitia observar sem ser vista.

Minha mãe ainda cantava no cercado das cabritas, mas meu pai não estava no terraço. Eu não podia correr o risco de voltar para casa com a presa sem saber onde ele estava.

Dei a volta na rua. A pequena passagem que levava à porta de entrada era ladeada por arbustos e pude esconder o embrulho no meio deles.

Entrei sem fazer barulho. O som do telejornal advertia que meu pai se encontrava exatamente lá onde eu imaginava: no sofá. Fui buscar a presa nos arbustos.

Quando cruzei a porta de entrada, Cora me recebeu com um grito. Fechei a porta o mais silenciosamente possível.

O hall de entrada estava fresco comparado ao calor externo. A pele das minhas pernas se arrepiou. Esgueirando-me em direção à escada, tive a sensação de ser perseguida pela hiena. Quase podia sentir seu hálito quente na parte inferior das minhas costas. Uma bola de angústia incandescente queimava meu peito. Quase não conseguia respirar.

Estava chegando ao alto da escada.

— E então?

A voz do meu pai me detêve na hora.

Eu me liquefiz.

Ele me fitava do batente da porta da sala.

Olhei para ele. Meu corpo transformou-se numa grande poça de sangue que se derramou como cascata pelos degraus. De mim, só restavam dois globos oculares nus sobre o parquê, olhando meu pai.

Compreendi o que minha mãe devia sentir quando seus acessos de raiva explodiam. Compreendi o que era ser uma ameba. Eu preferia mil vezes ser uma ameba do que suportar o destino que ele me reservava.

Não consegui articular nenhuma palavra. Uma poça de sangue não fala.

— Ele ficou feliz de te ver, teu namoradinho? Ha ha ha ha ha!

Seu riso. Seu riso eram os anéis de uma serpente que te enlaçam antes de te sufocar. Fui obrigada a concordar com a cabeça.

— O que é isso?

Ele apontou a toalha com o queixo.

— ... Umas coisas... que eu peguei no bosque... pra uns trabalhos manuais.

Seu olho esquerdo se contraiu, sua boca se contorceu. Ele me olhou como olhava a minha mãe cantando para as cabras. Em seguida, seus olhos miraram a toalha. Ele ensaiou um passo à frente.

Os periquitos gritaram no jardim e Cora respondeu. Quanto a mim, não via mais meu futuro. Normalmente, eu tinha uma visão bastante clara do meu futuro a curto prazo, do que eu ia fazer durante o dia, durante a semana, o que eu ia comer, ler... Naquele instante, tudo ficou branco.

Meu pai ia descobrir a presa e tudo ia desmoronar sem que eu pudesse prever as consequências.

A abertura do jornal das treze horas ressoou na sala.

Meu pai se deteve. Sua cabeça pulou várias vezes da TV para a toalha. Em seguida, ele foi se sentar novamente sobre sua pele de urso.

Aprendi com as minhas leituras que o hormônio do estresse e do medo se chama adrenalina. Devo ter tido uma overdose de adrenalina porque quase não enxergava mais. Um nevoeiro negro perfurado por uns pontos fosforescentes invadiu a minha cabeça. Usei a minha memória sensorial para subir ao primeiro andar e chegar ao quarto dos cadáveres, como na época em que andava no escuro para ir fazer xixi no meio da noite. Entrei. Gilles estava lá, perto da hiena. Desembrulhei a presa e a recoloquei sobre os ganchos. Ele me olhou com seu rostinho inexpressivo. Eu não estava a fim de explicar. Longo demais, complicado demais.

Naquela noite, esperei que ele viesse se deitar na minha cama, como de costume. Não veio. Nem nas noites seguintes. Nunca mais dormimos juntos.

Aquele verão acabou como havia começado. Uma longa agonia. Eu esperava seu fim, sabendo muito bem que esse fim não me traria nenhum alívio.

Levei algumas semanas para compreender as palavras de Mônica: "Hoje você levou um direto na cara, mas continua lutando."

E se eu apenas tivesse seguido o procedimento errado?

E se eu só tivesse perdido uma batalha?

E se meu combate estivesse apenas começando? Um combate que duraria anos.

No fim das contas, tanto fazia, a questão era voltar no tempo. Então o tempo não era importante. Nada era importante. Mas eu simplesmente não podia aceitar passar a minha vida assistindo aos parasitas comerem o cérebro do meu irmão. Perdê-lo para sempre. Eu ia resolver tudo, nem que tivesse que dedicar toda a minha existência a isso. Ou morreria. Não havia outra solução.

A ciência, então. Somente a ciência. A magia estava morta. Coisa de criança. E eu não era mais uma criança.

As aulas recomeçaram.

No dia 26 de setembro, Gilles fez oito anos. De presente, meu pai lhe deu uma matrícula no clube de tiro.

Naquele ano entrei no ginásio. Tudo era diferente.

Os meninos começavam a correr atrás das meninas e as meninas fingiam ser mulheres. Todo aquele mundinho se agitava, totalmente absorvido pelo grande canteiro hormonal. Cada um exibia a prova da entrada na puberdade como um troféu. Aqui um embrião de bigode, ali um peito brotando. Eu me sentia um pouco estrangeira naquela fauna histérica. Principalmente quando o instinto social os tornava agressivos. Tinha uma menina na minha sala. Eu não sei por que os outros debochavam dela. O tempo todo. Sem razão especial. Acho que apenas precisavam purgar o excesso emocional. E sobrou para ela.

Minha paixão eram as aulas de ciências. E, em especial, o curso de física. Eu queria compreender como funcionavam as leis da temporalidade, o princípio de causalidade, o paradoxo metapsicológico, a curvatura do espaço-tempo. Segundo o princípio da causalidade, o efeito não pode preceder a causa. E justamente isso tornava a viagem no tempo impossível teoricamente. Mas alguns cientistas recusavam essa teoria e falavam de "causalidade inversa". Se houvesse a menor possibilidade de voltar no tempo, eu tinha de encontrá-la e explorá-la. Para recuperar o riso de Gilles, seus dentes de leite, seus grandes olhos verdes...

Os professores estavam encantados com a minha curiosidade e com o que eles chamavam de "mente brilhante". Na verdade, era apenas uma questão de motivação. Se eles soubessem que o riso de um garotinho dependia disso... Mas eu não podia explicar isso para eles...

O verão seguinte chegou e, com o início das férias, os gatos começaram a desaparecer de novo. Gatos da vizinhança.

Tinha cartazes por todo o Conceito. Meninos e meninas desesperados tocavam as campainhas com seus grandes olhos chorosos, empunhando uma foto do amigo de quatro patas, arrastando as investigações por dias a fio, como Gilles e eu fizemos quando Dovka desapareceu.

Eu nunca disse nada.
Mas eu sabia.
Que Gilles tinha se tornado um *serial killer*.
Jack, o Estripador dos gatos do Conceito.

Tive a prova saindo para passear com Dovka, numa tarde.

Gilles não estava em casa: tinha saído para o clube de tiro com meu pai. Tornou-se o ritual deles no sábado à tarde. Uma nova relação tinha se estabelecido entre eles.

Parecia que Gilles se tornara digno da atenção do nosso pai a partir do momento em que foi capaz de segurar uma arma na mão.

Eles começaram a ter conversas das quais eu não entendia nada, sobre Smith & Wesson, Beretta, Pierre Artisan, Browning... Tal calibre para tal animal. Como atravessar a pele de um rinoceronte? Como pulverizar um órgão vital a várias centenas de metros de distância?

Por enquanto, meu irmão tinha de esperar antes de poder participar de uma partida de caça. Ele precisava aprender a atirar em alvos fixos primeiro.

Sua fisionomia continuava mudando. Não havia mais nada de um garotinho. Aos oito anos a sua química interna tinha se transformado. Eu estava certa de que era culpa dos parasitas que continuavam seu trabalho de contaminação. Nem seu cheiro era mais o mesmo. Como se seu perfume tivesse azedado. Ele emanava algo de perturbador, era sutil, mas eu sentia. Vinha do seu sorriso. Daquilo que eu chamava de "novo sorriso". Uma careta que dizia: "Dá mais um passo na minha direção e eu te meto a mão na cara."

O sorriso do meu irmão fedia.

Mas eu guardava o seu segredo.

Naquele dia, eu estava procurando uma velha fita cassete onde tinha gravado uma coletânea dos Cranberries. Como não encontrei no meu quarto, fui procurar no quarto de Gilles. Ela estava escondida numa gaveta da sua escrivaninha.

Coloquei a fita no meu *walkman* e saí com a Dovka.

Todos os dias eu a levava para passear. Eu gostava de andar pelos campos e bosques. E ela gostava de correr atrás dos coelhos. Era o seu lado cão de caça.

Eu amava a natureza e sua perfeita indiferença. Sua maneira de aplicar um plano preciso de sobrevivência e de reprodução, independentemente do que acontecia na minha casa. Meu pai destroçava a minha mãe e os pássaros não estavam nem aí. Eu achava aquilo reconfortante. Eles continuavam a cantar, as árvores rangiam, o vento assobiava nas folhas da castanheira. Eu não era nada para eles. Apenas uma espectadora. E aquela canção era executada incessantemente. O cenário mudava em função da estação, mas todos os anos era o mesmo verão, com a sua luz, seu perfume e as amoras que nasciam nos arbustos ao longo do caminho.

Com frequência eu encontrava a Pluma passeando com o seu filhinho, Takeshi, no carrinho. Então a gente caminhava um pouco junta. Ela ainda cheirava à massinha de modelar.
Eu acabei identificando seus hábitos e adaptei meus horários de passeio para aumentar minhas chances de encontrá-la. Ela falava muito e eu gostava bastante da sua voz. Tinha um sotaque estranho que me lembrava Provença e ratatouille.
Sem perceber, aqueles momentos passados com a Pluma se tornaram indispensáveis para mim.
Ela me explicou que trabalhava como educadora num liceu da região e que o campeão de caratê era professor de ginástica lá.
— Ele foi campeão de verdade, sabe? Uns anos atrás ele foi até selecionado para o campeonato mundial em Sidney. Mas, um dia antes da viagem, ele caiu saindo do chuveiro. Quebrou o cóccix. Sua carreira acabou ali. Ele nunca se recuperou completamente.

Então, naquele dia, saí com a Dovka e andei pelo Conceito na esperança de ver a Pluma.

Quanto mais fazia sol, mais as fachadas pareciam cinza. Por contraste, o bairro ganhava em feiura à medida que o tempo melhorava.

A luz revelava toda a amplitude de sua escuridão. Uma constatação brutal: compreendi que, mesmo que as condições fossem ótimas, aquele lugar seria sempre de uma feiura desesperadora. Passei diante de um minúsculo jardim onde um homem muito gordo dormia de calção de banho sobre uma espreguiçadeira de plástico sujo. Sua pele estava branca no lado de baixo e vermelha em cima. Pensei numa panna cotta de framboesa. Um pouco mais longe, outro homem, também muito gordo, lavava seu carro, sem camisa.

Eu me lembrei do tórax do campeão de caratê e me perguntei como era possível existirem dois tórax tão diferentes na mesma espécie animal. De tanto estudar, estava começando a raciocinar cientificamente.

Cruzei com uma menininha que devia ter a idade de Gilles, talvez um pouco menos.

Ela colou um folheto com a foto de um gato sobre um poste. Eu baixei os olhos e apressei o passo.

Cheguei diante da casa da Pluma. Ela estava saindo com o carrinho. Bem na hora.

Quando me aproximei, ela sorriu para mim.

Saímos do Conceito e fomos em direção ao campo.

Takeshi adormeceu rápido no carrinho. Fiquei pensando que adormecer passeando sob o sol, num carrinho de bebê, devia ser um dos grandes prazeres da vida.

A Pluma jogou seus cabelos para trás num ligeiro movimento de cabeça. "Eu estou grávida", ela disse, "é uma menina."
Alguma coisa na sua voz transformou meu coração num globo de neve. Ela o sacudiu, e milhares de partículas cintilantes agitaram-se dentro de mim.
Esse bebê nem tinha nascido e já tinha gerado na sua mãe um amor maior do que eu fora capaz de produzir no meu pai e na minha mãe, juntos, em doze anos de existência. Longe de experimentar qualquer amargura, eu via nisso uma forma de consolo, de segurança. Naquele instante, percebi que amava a Pluma.
Caminhamos conversando por uma horinha antes de voltar ao Conceito, depois ela foi para casa.
Dovka e eu tomamos o caminho de casa. Aquele tipo ainda estava dormindo na espreguiçadeira, mas desta vez de barriga para baixo. Agora ele estava todo vermelho. Pensei num melanoma maligno.

Lembrei que estava com o *walkman*. Coloquei os fones de ouvido e apertei o play. O que ouvi dilacerou minhas entranhas. Não era a voz de Dolores O'Riordan, dos Cranberries. Eram gritos. Gritos de gatos torturados. Reconheci o sofrimento profundo que ouvira nos guinchos de Helmut. Arranquei os fones, quase vomitando.
Eu já tinha notado que Gilles escutava seu *walkman* sempre que a caminhonete do sorveteiro passava. Sabia que ele fazia isso para não ouvir a *Valsa das flores*. Mas achava que ele ouvia música.

Eu não sabia o que fazer com aquela fita. Minha primeira ideia foi destruí-la para impedir que os parasitas da sua cabeça se alimentassem daqueles berros. Eu me lembrava de uma cena que me aterrorizara em *Jurassic Park*, na qual desciam uma vaca numa grua de aço para dentro da jaula dos velociraptors. Víamos apenas a vegetação se mexer. Depois de alguns segundos, a grua subia, vazia e desarticulada. Os parasitas na cabeça do meu irmão eram tão vorazes e maldosos quanto os velociraptors de *Jurassic Park*.

Além disso, tive medo de que, não encontrando a fita, ele decidisse gravar outra. Meu silêncio já me tornava cúmplice o suficiente, eu não queria acrescentar mais animais torturados à consciência.

Quando voltei para casa, tive apenas o tempo de colocá-la de volta no lugar antes que ele voltasse do clube de tiro.

A aproximação entre meu pai e meu irmão reforçava meu sentimento de isolamento. Minha relação com Gilles estava ferrada enquanto eu não mudasse o passado. E eu sabia que não podia esperar nenhuma proximidade com o meu pai porque eu era uma menina. Ainda que me interessasse por armas e caça, eu não seria admitida no clube deles.

Às vezes, eu tentava entrar na discussão e o assunto sempre acabava em "Você não entende".

Isso não me revoltava. Aceitava como a evidência de que um menino valia mais do que uma menina, e de que existiam áreas que eu não podia acessar. Era normal, era assim, provavelmente era genético. Além do mais, é verdade que eu não conseguia imaginar Marie Curie com uma AK-47 na mão.

Meu pai tinha um herdeiro e só podia ser um menino. Eu sabia que se ele tivesse feito dois filhos na minha mãe, era só para ter um menino. Se Gilles fosse uma menina, minha mãe teria que suportar uma terceira gravidez.

O que me magoava era que meu pai só começou a manifestar interesse pelo Gilles a partir do momento em que a hiena se instalou na sua cabeça.
Acho que ele gostava dos parasitas e que fazia tudo o que podia para alimentá-los.
Já eu me distanciava e me sentia cada vez mais só.

Além disso, naquele ano meu corpo mudou muito. Tudo tinha se arredondado. Meus seios, é claro, mas também as minhas coxas, meu quadril, meu bumbum. Eu não sabia o que fazer com aquilo tudo. Eu não prestava muita atenção. Mas eu via que o olhar dos outros mudava junto com as minhas formas. Sobretudo o do meu pai. Passei do status de "coisinha insignificante" ao de "coisinha repugnante".
Eu tinha a sensação de ter feito algo de errado.
Às vezes, surpreendia o olhar de Gilles sobre o relevo dos meus seios debaixo da camiseta, e quase podia ver a sua reprovação.
Eu sentia que estava me tornando uma criatura asquerosa.

A lógica seria me aproximar da minha mãe, mas como se relacionar com uma ameba?

Eu tentei, mas sua conversa se limitava a reflexões básicas. "Acaba o teu purê", "Você tá precisando de sapatos novos", "Esse sol vai fazer bem pra psoríase da Noz-Moscada", "Os animais são melhores do que os seres humanos".

Apesar de tudo, eu gostava de lhe dar uma mão no jardim de vez em quando. Uma tarde juntas, arrancando as ervas daninhas em silêncio, me dava a impressão de uma certa forma de cumplicidade.

Todos os anos, no último fim de semana de agosto, havia um bazar no Conceito. Um punhado de feirantes apossava-se das ruas e instalava suas barracas emanando gordura e açúcar. Algodão-doce, pescaria, tiro ao alvo, carrinhos de bate-bate. As pessoas do loteamento espalhavam a sobra de seus sótãos diante das casas. Eles saíam e se cumprimentavam, o que me fazia acreditar que alguma coisa estava mudando, que as pessoas iam realmente se unir, criar laços que poderiam vagamente se assemelhar à amizade ou ao amor.

Mas assim que os feirantes partiam, cada um retornava à sua prostração solitária, diante de sua TV, cultivando, segundo o gosto de cada um, depressão, amargura, misantropia, apatia ou diabetes.

Todos os anos, eu ia dar uma volta por lá com minha mãe e meu irmão. Adorava os *smoutebollen* – bolinhos fritos salpicados de açúcar de confeiteiro –, embora desde o episódio do velho sorveteiro, eu nutrisse certa apreensão pelas pessoas que trabalham com grandes bacias de óleo fervente.

Sempre pedia doze *smoutebollen*. Minha mãe sempre me dizia que oito dava e sobrava, mas eu não cedia: queria doze. Então, ela sempre comprava doze. E eu sempre comia seis.

No ano anterior, meu irmão tinha feito todos os pontos no tiro ao alvo. Ele pegara a espingarda, inserira nela as pequenas balas de chumbo e atingira o alvo, mesmo sem vê-lo bem. Parecia que a ideia de atravessar um objeto inanimado não lhe interessava muito.

Nesse ano, aquilo já não o divertia nem um pouco. Ele tinha o clube de tiro, com armas de verdade. Pela primeira vez, ele se recusou a nos acompanhar, minha mãe e eu.

Passando na frente da barraca de pescaria, minha mãe fuzilou com o olhar o feirante que oferecia às crianças peixinhos dourados num saco plástico. Por isso nunca pude brincar de pescaria. Estava fora de cogitação dar um tostão àquele carrasco de animais.

Mais à frente, vi a Pluma. Ela estava vendendo as roupinhas do Takeshi, que brincava com o Playmobil na calçada, ao lado dela. Sua barriga tinha se arredondado desde o início do verão.

Eu me aproximei para cumprimentá-la, quando uma voz vinda de trás me parou imediatamente.

— Ah! É a Dovka!

Eu me virei. O campeão de caratê. Ele estava lá, agachado, ocupado em acariciar a minha cachorrinha que fazia festa. Será possível que ela lembrasse?

Os olhos do Campeão fixaram-se em mim. Seu corpo de cavalo selvagem se reergueu. A bola quente que eu havia sentido se dilatar na minha barriga, no ano anterior, tinha amadurecido. Dessa vez, além do calor que espalhava pelo meu corpo, dela emanava um perfume de açúcar mascavo, uma sensação de maciez úmida na qual tive vontade de me aconchegar.

Sem entender por que, tinha a sensação de trair meu irmão autorizando meu ventre a produzir aquele calor. Por outro lado, eu sabia instintivamente que o que estava acontecendo ali, no fundo das minhas entranhas, alimentava uma fera capaz de enfrentar a hiena. Uma fera poderosa e sanguinária dedicada somente ao meu prazer.

O Campeão se aproximou. Seu olhar sobre mim também havia mudado. Ele percebia o calor do meu ventre, eu o sentia. Mas isso não parecia desagradá-lo. De repente, o short que eu vestia me pareceu curto demais. Eu me senti nua no meio da multidão.

Ele sorriu para mim. Lembrei a expressão do seu rosto quando ele incrustou, com seus punhos, a cabeça do bêbado no sofá mofado. Aquela expressão horrível de monstro perverso excitado pelo odor do sangue estava tão longe desse rosto de homem civilizado... De repente me perguntei se o incidente realmente acontecera.

— Ela cresceu muito, a sua cachorrinha.
— Sim.
— Mas ela ainda tem um jeito de filhote, que bonitinho!
— Mamãe, este é o moço que me ajudou a resgatar a Dovka quando ela foi raptada.
— Ah, sim! Quanta gentileza...

Ela não tinha a menor ideia do que eu estava falando. Seu olhar estava fixo num ponto indefinido ao longe, mas eu sabia que ela não estava olhando nada em particular. Seu cérebro estava apenas em modo de espera. Disse a mim mesma que todos os golpes que ela tinha levado do meu pai deviam ter afetado suas faculdades mentais.

O Campeão me olhou por alguns segundos. Eu ainda estava me sentindo nua. Em seguida, a Pluma o chamou.

Cada um foi para o seu lado.

Naquele dia, eu não estava a fim de *smoutebollen*.
Minha mãe comprou algumas mudas de gipsófila para o jardim e voltamos para casa.

O verão terminou assim. Os gatos continuaram desaparecendo. Depois, quando não havia mais gatos, apareceram os cartazes dos cães.

Criei o hábito de colocar a Dovka para dormir no meu quarto.

Gilles estava se tornando um estranho para mim. Mas eu tinha certeza de que em algum lugar, no seu interior, meu irmãozinho ainda existia. Às vezes – era fugaz –, eu via um lampejo em seu rosto, um esboço de sorriso, um brilho em seus olhos, e eu sabia que nem tudo estava perdido. Além disso, eu me agarrava à certeza de voltar no tempo e de mudar o curso de nossas vidas.
 Eu estava feliz por voltar às aulas para poder continuar a estudar.

No fim do ano, meu professor de ciências convocou meus pais para uma reunião. Minha mãe foi sozinha.

Meu professor fez questão de que eu participasse da conversa.

Eu não gostava muito dele, pois cheirava a leite azedo. Além disso, ele fazia aproximações entre conceitos científicos e filosóficos que eram interessantes, mas que atrasavam o curso. E seu curso já era lento demais. O curso de matemática também. Eu estava ficando entediada.

Os outros alunos estavam distraídos com suas histórias de amor e seus problemas de pele, então aquele ritmo era conveniente para eles. Nunca tinham ouvido o riso da hiena. Se tivessem ouvido, perceberiam a futilidade de suas preocupações.

Eu? Eu queria avançar. Tinha treze anos e ainda estavam ensinando a composição da célula.

Também não gostava do meu professor porque ele era frouxo. Ele tinha desistido de tudo. O cheiro era o primeiro sinal de seu desleixo, mas todo o resto acompanhava. Aliás, todo mundo na escola era frouxo. Os professores, os alunos... Aqueles eram estupidamente velhos, estes não demorariam a ser. Um pouco de acne, algumas relações sexuais, os estudos, os filhos, o trabalho e pronto! Estarão velhos e não terão servido para nada.

Eu queria ser Marie Curie. Não tinha tempo a perder.

Mas naquele dia, meu professor de ciências parecia estar decidido a ter alguma utilidade.

Ele nos recebeu em sua sala de aula, minha mãe e eu.

Pairava no ar um leve odor de cebolas cruas sob a luz azulada das lâmpadas fluorescentes. Ele dirigiu-se à minha mãe.

— Bem, nós discutimos no conselho de classe. A sua filha tem capacidades excepcionais em ciências e em matemática.

Ele olhou para mim.

— Nunca vimos isso. Não sei de onde vem essa sua paixão, mas é realmente isso: uma paixão. Nesse ano, ela conhecia a matéria do programa inteiro desde o início das aulas. Então, no ano que vem, gostaríamos que ela frequentasse os cursos da turma superior.

Minha mãe tinha o olhar de uma vaca para quem explicaram o princípio de indeterminação de Heisenberg.

— Ah, que bom.

Nesse momento, ele se dirigiu diretamente a mim, estendendo-me um pedaço de papel.

— Tenho um amigo que mora perto da sua casa. Geralmente, encaminho para ele meus alunos com dificuldade, para aulas de reforço. Acho que você deveria falar com ele, vocês dois têm muito a conversar. Ele ensinou física quântica na universidade de Tel-Aviv. Você precisa conhecê-lo.

Ele pegou minha mão, colocou nela o pedaço de papel, fechou-a e apertou, repetindo: "Você precisa conhecê-lo." Fiquei surpresa com sua insistência. Era a primeira vez que eu o via realmente preocupado com alguma coisa.

Minha mãe agradeceu e voltamos para casa.

Naquela noite, ajudei minha mãe a preparar o jantar. Eu já tinha percebido que, quando o meu pai ficava nervoso, ela servia carne vermelha. Como se esperasse que a carne sangrenta acalmasse a sua raiva. Mas eu sabia que o sangue não o acalmava. Ele precisava penetrar a carne viva, com o punho ou com uma bala de 22 milímetros.

Eu me lembrava do episódio do bife e do prato estilhaçado. Minha mãe também. A cicatriz que ela ganhou embaixo do olho fazia com que lembrasse todos os dias. Desde então, ela não ousava mais cozinhar a carne. Dava uma passada rápida na frigideira, mas por dentro, deixava crua e fria.

Naquela noite, ela estava preparando um pernil de cordeiro.

Quando fomos para a mesa, meu pai perguntou à minha mãe por que tínhamos sido chamadas na escola.

— Porque ela tira boas notas em matemática, querem que ela pule de ano.

— Eu não tiro boas notas, eu tiro 10. E é em matemática *e* em ciências.

— Puxa-saco. — Era o Gilles.

Eu tentava ignorar seus ataques, que se tornavam cada vez mais frequentes. Sentia que tinha a ver com meu corpo que mudava. Mas eu também sabia que não era o meu irmão falando. Era a imundície na sua cabeça. E isso apenas reforçava a minha determinação.

Meu pai soltou uma risada vazia. Em seguida, com sua voz grave, aquela que antecedia seus acessos, ele sussurrou: "Que ótimo. Temos uma sabichona na família." Ele fez aquele movimento estranho com o maxilar. Aquele movimento que indicava que estava com vontade de atacar. Continuamos a comer o cordeiro cru em silêncio.

    Mas compreendi que, a partir de então, tinha me tornado uma presa. Como minha mãe.

No pedaço de papel que o professor me deu, tinha um nome e um endereço: "Professor Yotam Young, avenida Baleau, 11". Era no Conceito, na esquina em frente à nossa casa.

Fui na manhã seguinte mesmo. Levei Dovka comigo, porque Gilles estava em casa e eu não queria deixá-la sozinha com ele.

No caminho, passei em frente à casa da Pluma e do Campeão. Não a via há alguns meses e pensei que ela já devia ter dado à luz a sua filhinha.

Uma nuvem de periquitos verdes atravessou o céu.

Subi a rua até o número 11. Era uma casa cinza e preta, como todas as outras, mas o jardim era bem cuidado. Havia jardineiras de gerânios nas janelas. Toquei a campainha.

Um homem abriu a porta: altura mediana, cabelos brancos, sobrancelhas negras e espessas sobre um olhar perturbador. Uma barbicha trançada, com uma pequena pérola verde na ponta.

— Pois não?

Expliquei a razão da minha visita. Ele me convidou para entrar. A entrada estava mergulhada na escuridão.

— Ya, coloca a máscara, temos visita.

Não vi a pessoa à qual ele se dirigia, mas percebi uma movimentação e o som de um rádio na salinha à minha direita. Música clássica.

Segui o professor até a sala de jantar. Uma mesa maciça de carvalho escuro, um buquê de rosas vermelhas sobre um aparador que fazia conjunto com a mesa e, na parede, um imenso quadro branco brilhante, coberto de esquemas e de fórmulas traçados com hidrocor preto.

O professor indicou-me uma cadeira e eu me sentei. Ele me observou por alguns segundos debaixo de suas sobrancelhas grossas. Eu também o observei. Havia algo de estranho naquele homem. Uma mistura de segurança e de timidez. Mas nenhum traço de violência.

Ele girou a pérola da sua barbicha entre os dedos.

— Por que está interessada em física?

— Não sei. Porque eu gosto.

— Você sabe, sim.

Não desviei o olhar.

— Mas não é da minha conta, certo?

Ele tinha um jeito estranho de pronunciar as palavras, eu nunca tinha ouvido. Eu gostava.

— O que você pode me dizer sobre a dualidade onda-partícula?

— Ééé... são duas noções separadas em mecânica clássica. Mas em física quântica, dizem que são duas facetas de um mesmo fenômeno.

— Qual fenômeno, por exemplo?

— Bem, a luz. Ela pode se comportar como um conjunto de partículas, os fótons, ou como uma onda. Isso depende do contexto de experimentação.

— Isso não faz parte do programa escolar, onde você leu isso?

— *O mundo quântico*, de Stéphane Deligeorges.

Ele me observou por mais alguns instantes. Eu me perguntei se deveria desconfiar ou não dele. Percebia uma alma dilacerada que, como a de meu pai, decifrava meus pensamentos com uma facilidade assustadora.

— Pode vir me ver uma vez por semana, vou te ajudar a avançar. Você pode me dar o seu número de telefone? Gostaria de falar com os seus pais.

Ele me estendeu uma caneta e um bloco.

— Por que o senhor quer falar com os meus pais?

— Porque eu preciso da permissão deles. E também tenho que conversar sobre o dinheiro, não vai ser de graça.

— Minha mãe vai concordar. Mas eles não vão pagar. Eu mesma vou dar um jeito.

Anotei meu telefone no bloco.

— Mas se o senhor puder ligar durante o dia... Eu prefiro que fale com a minha mãe em vez do meu pai.

Sentia que era melhor não lembrar a meu pai que eu gostava de ciências. O que vi na sua reação da véspera me dizia que eu andava num terreno perigoso. Seu gosto pela destruição me obrigava a crescer em silêncio, na ponta dos pés.

O professor me acompanhou até a porta.

A pessoa que estava na salinha ao lado não se moveu, a julgar pelo som do rádio que ainda tocava. Lancei um olhar furtivo, mas de onde me encontrava, não conseguia vê-la.

O professor se despediu, e ficou combinado que eu voltaria na semana seguinte.

Eu precisava ganhar dinheiro. O professor era a única pessoa que eu conhecia com quem poderia falar sobre a dualidade onda-partícula, sobre o efeito Aharonov-Bohm ou sobre a experiência de Stern e Gerlach. Eram noções familiares para mim, tinha lido nos livros, mas ainda não compreendia.

Decidi oferecer o serviço de baby-sitter. Eu poderia começar pela Pluma. Com dois filhos, certamente ela estava precisando de ajuda.

Fui bater na casa dela. Ficou contente em me ver. O Campeão não estava lá: senti uma pontada de decepção espetar minha garganta. A Pluma me apresentou sua filhinha, Yumi. Takeshi tinha crescido bastante. Comentei sobre a minha ideia de cuidar das crianças e ela concordou imediatamente. "Com as crianças, a gente não tem mais tempo pra nós dois."

Ela propôs uma noite na semana seguinte. Na véspera da minha aula com o professor Young, era perfeito.

Perguntei se poderia trazer a Dovka. "Eu não posso deixá-la sozinha em casa."

Ficou um pouco surpresa, mas aceitou.

Faltava convencer meu pai. As aulas com o professor Young seriam de dia, enquanto ele estava no parque de diversões, mas eu não teria como esconder deles o trabalho de baby-sitter.

Procurava um pretexto que justificasse a necessidade de ganhar dinheiro, algo que lhe agradasse. Eu estava começando a compreender que a menor manifestação de vontade da minha parte arriscava despertar a sua animosidade.

Ele esperava que eu me transformasse na minha mãe. Um envelope vazio, desprovido de desejos.

Ele não sabia quem era a sua filha. Mas, aos treze anos, eu estava à mercê dele. Então, eu precisava enganá-lo até que alcançasse a idade para viver longe dali.

Dois dias depois, Gilles e minha mãe saíram, agarrei a oportunidade.

Meu pai estava no terraço cuidando de suas armas. Era sua atividade do domingo à tarde, quando não estava no clube de tiro ou caçando.

As armas eram a única coisa que minha mãe não deveria limpar na casa. Até os animais empalhados ela tinha que escovar regularmente para tirar o pó.

Eu estava contente por ele estar fazendo aquilo no terraço, pois os produtos que utilizava tinham um cheiro muito forte, e quando fazia aquilo dentro de casa, empesteava tudo durante dias.

— Papai?

— Hummm.

— Eu.... eu estava pensando que, neste ano, no aniversário do Gilles, eu queria muito dar um presente. Ele vai fazer dez anos, é importante...

Ele estava esfregando o cano da espingarda com uma escovinha especial.

— Sim, e daí?

— E por isso eu preciso de dinheiro. Eu já sou grande o bastante para ganhar um pouco. Eu poderia ser baby-sitter...

Colocou a arma na mesa e me olhou como no dia em que roubei a presa de elefante. Sentia que eu estava mentindo.

Baixei os olhos repetindo para mim mesma que, na verdade, não era uma mentira. Eu estava fazendo tudo aquilo pelo Gilles.

Tentei imitar a atitude da minha mãe, parecer o mais transparente possível.

Ele disse "ok", pegou sua espingarda novamente e continuou a esfregá-la.

Espalhei anúncios oferecendo meus serviços de baby-sitter por todo o Conceito.

Chegou a noite combinada com a Pluma. Ela abriu a porta. O Campeão não estava lá, ela ia encontrá-lo num restaurante. A sala não havia mudado muito desde que a vi pela primeira vez, no dia em que Dovka foi raptada. Só estava um pouco mais bagunçada.

Takeshi estava sentado no sofá, assistindo ao *Rei Leão*. Ele deu pequenos gritos de alegria quando viu Dovka.

Yumi balbuciava no cercadinho.

A Pluma deixou uma lista de recomendações. "Às vezes, Takeshi tem dor nas pernas", ela disse, "por causa do crescimento." Então, ela me mostrou um frasco de óleo de massagem, caso fosse necessário. Em seguida, ela foi se encontrar com o Campeão, depois de nos beijar os três, como se eu fosse um de seus filhos.

Sentei-me perto de Takeshi e assisti a Simba conversar com o fantasma do seu pai nas nuvens. Foi então que percebi que os estúdios Disney se inspiraram muito em *Hamlet* para escrever o roteiro. O fantasma do pai que diz ao filho "Não se esqueça de quem você é"; o irmão do rei que o mata para tomar o trono; o herói exilado; a onipresente imagem do crânio no desenho animado; a referência à loucura, encarnada pelo macaco. A principal diferença era que Horácio tinha se tornado um javali flatulento.

Quando o desenho acabou, Takeshi fez um pouco de birra para ir dormir, mas dei um jeito com duas músicas e duas histórias. Yumi pegou no sono tomando mamadeira no meu colo. Eu a coloquei no berço sem despertá-la.

Um pouco mais tarde, Takeshi sentiu dor nas pernas, então fiz uma massagem com o óleo. Vi seus grandes olhos negros se fecharem, sua boca relaxar, seu corpinho mergulhar num sono tranquilo.

Por alguns minutos me perdi na contemplação daquele espetáculo perfeito, e me perguntei se aquele menino algum dia teria consciência da incrível sorte que tinha. De ter nascido ali. De ser filho da Pluma e do Campeão. De ser amado com todo aquele amor.

Voltei para a sala e passei o resto da noite vendo qualquer coisa na TV. Se eu tivesse uma garrafa de Glenfiddich na mão, pensei, seria a cópia perfeita do meu pai.

Eu estava começando a adormecer quando a Pluma voltou. O Campeão estava me esperando no carro para me levar para casa. A Pluma me deu o dinheiro e me beijou.

Entrei no Golf do Campeão.

— Posso voltar a pé, é aqui do lado — eu disse.

Ele sorriu e respondeu: "Nunca se sabe."

A onda de calor na minha barriga subiu até a garganta, tornando minha respiração curta e entrecortada.

Eu me sentei no carro, meu corpo a alguns centímetros do seu. Quando colocou sua mão na marcha, ela roçou meu joelho. A onda na minha barriga desceu para as minhas pernas. Algo começou a palpitar por ali. Acho que se o Campeão tivesse me tocado naquele momento, eu teria desmaiado.

O que ele fez com o bêbado me assustava. Eu sentia um medo que beirava a repulsa. E mesmo assim, aquele calor...

Ele perguntou: "Correu tudo bem?"

Eu respondi: "Sim."

Os duzentos metros que separavam sua casa da minha foram percorridos em menos de quinze segundos. Aquele trajeto de carro era completamente absurdo.

Ele parou seu Golf no meio fio, ao longo da cerca do nosso jardim.

Eu não tinha vontade de ir embora. De repente, a existência do Campeão me pareceu um elemento indispensável à minha sobrevivência. Eu queria pedir que me mantivesse sempre perto dele. Eu não pediria nada, não exigiria nada. Apenas o calor da sua presença. Seu corpo perto do meu. Aquela coisa que palpitava entre as minhas pernas.

Mas ele disse: "Muito obrigado. Até logo!"

Eu disse: "Eu que agradeço. Até logo!"

E voltei para casa.

Fui para a cama imaginando o que teria acontecido se seus lábios tivessem tocado os meus. E suas mãos no meu corpo. Eu sabia que não tinha o direito de pensar nada daquilo, que era uma coisa errada. Mas enquanto sonhava com o Campeão, minha mente foi para longe, muito longe da hiena, e, por um instante, esqueci que ela existia.

No dia seguinte, voltei à casa do professor Young. Ouvi o som do rádio na salinha. Aquela presença me intrigava. O professor me levou para a sala de jantar. Ele tinha preparado chá.

— Bem, o que você quer saber?

Fiquei zonza, nem sabia por onde começar. Eu não imaginava a quantidade de perguntas que tinha em matéria de física quântica. Nossa reunião começou assim, de forma caótica. Eu perguntava, o professor começava a responder, fazendo desenhos no quadro branco, eu não lhe dava tempo de terminar a explicação e perguntava outra coisa. Como uma criança faminta deixada numa confeitaria.

Na escola, minha fome de aprender estava limitada, cada porta que eu queria abrir estava trancada pela ignorância dos meus professores.

Aqui, eu tinha alguém que abria todas elas para mim, com paciência, e me deixava entrever a imensidão dos territórios a explorar. Eu sabia que meu prazer era compartilhado. Quando o professor falava de física, eu tinha a impressão de ver um artista em cena, ele quase entrava em transe, inebriado por sua paixão. Ele me ensinava tanto sobre a física em si quanto sobre a história dos grandes cientistas.

Ele estava me contando sobre a vida de Isaac Newton, quando houve uma movimentação no hall escuro. Avistei uma silhueta avançando lentamente na nossa direção.

Quando ela saiu da penumbra, sufoquei um grito de terror.

Era o corpo de uma senhora vestindo um pijama quadriculado azul e branco. No lugar do rosto, havia uma máscara. Um sorriso de gesso com lábios pintados de vermelho, olhos ocos, plumas e lantejoulas. Um rosto rígido e liso, eternamente jovem, num corpo de velhinha.

— Ya, temos uma aluna nova.

Em seguida, dirigiu-se a mim:

— Esta é Yael, minha esposa.

Ela balançou a cabeça. Eu não discernia seus olhos nos dois buracos negros. Ela abriu uma lata que estava sobre o aparador, tirou alguns biscoitos e me ofereceu um.

— Não, obrigada — eu disse.

Ela deu meia-volta e foi para a sala. Cada um de seus passos parecia exigir um esforço tremendo.

Não tive coragem de perguntar nada a seu respeito para o professor.

Nossa primeira aula durou três horas, mas saí dela perturbada e frustrada. Perturbada pelo encontro com Yael, e frustrada por ter de esperar pelo próximo encontro.

Frustrada porque a minha vida inteira não era uma grande conversa com o professor Young.

Não parou de chover naquele verão. Parecia que o céu estava de luto. Longos dias e longas noites molhados, com um barulho de fundo incessante, um crepitar tão triste que parecia que a própria natureza estava planejando o suicídio. Nem a hiena ria mais. Nem Gilles parecia ter mais vontade de torturar animais.

Mas guardo daquele verão uma lembrança maravilhosa graças ao professor Young e às noites tomando conta de Takeshi e de Yumi. Não foram mais do que duas ou três, mas elas tiveram o efeito de um oásis em pleno deserto. Eu amava as crianças como se fossem meus irmãos. Eu amava a Pluma. Eu amava o Campeão. Especialmente porque todas as noites terminaram como a primeira, com um breve momento nosso, só nosso. Ele e eu. Suas mãos roçando meus joelhos ao trocar a marcha e meu corpo que se incendiava.

Era como uma volta na montanha-russa, um misto de prazer e de apreensão, de sensações de uma indescritível volúpia, mas de um poder assustador, incontrolável.

Quando a chuva decidia dar uma trégua, meu maior prazer era andar descalça no cercado das cabritas. Na terra encharcada de água, seus pequenos cascos pontudos criaram um verdadeiro lamaçal onde me divertia afundando os pés até os tornozelos. O objetivo do jogo era não cair, pois aquela lama era muito escorregadia. Adorava o contato da terra molhada com a minha pele nua. Eu brincava com Páprica e minhas corridas contra ele geralmente acabavam em escorregão e queda, o que me fazia cair na gargalhada. Dovka latia e o bode dava pequenos saltos. Às vezes, Cominho atacava e eu tinha que correr para fora do cercado para escapar de seus chifres.

Eu voltava para casa enlameada da cabeça aos pés.

Minha mãe tentava me fazer entender que, aos treze anos, eu deveria começar a adotar uma atitude de mocinha. "Homem não gosta de mulher desgrenhada." E provavelmente era verdade. Na escola, as meninas não brincavam mais de lutar ou de correr atrás umas das outras. Essas atividades eram reservadas aos meninos. Elas se controlavam, faziam pose. Às vezes, eu as observava. Elas riam colocando a mão na frente da boca ou deslizando uma mecha de cabelo para trás da orelha. Os gestos eram sutis, graciosos, como os da Pluma.

Mas eu sabia que a sutileza e a graça não faziam parte do meu código genético.

Outras famílias começaram a me chamar para tomar conta das crianças: o boca a boca estava funcionando. Eu trabalhava cada vez mais, o que, por um lado, me fazia ganhar bastante dinheiro, e, por outro, me permitia escapar das refeições em família.

Graças a isso, consegui pagar minhas aulas com o professor Young. Eu me empanturrava de ciência, que digeria rapidamente, com fome de mais.

Eu estava progredindo rápido. O professor Young dizia rindo que, naquele ritmo, eu ganharia o prêmio Nobel de física antes dos meus vinte e cinco anos. Mas, por trás do seu riso, eu percebia um verdadeiro fascínio pelo pequeno fenômeno em que ele estava me transformando.

Eu tinha medo de Yael e de sua máscara, mas não ousava fazer perguntas. Percebi que ela era muda, mas não sabia o porquê. Nem por que ela usava aquela máscara.

Num fim de tarde, voltando de uma das minhas visitas ao professor Young, senti um estranho mal-estar ao me aproximar de sua casa. Será que era o silêncio? Os periquitos não estavam cantando. Até o vento tinha se calado. Ou será que foi a atitude de Dovka, que estava perto de mim, com o rabinho entre as pernas, em vez de correr bem na frente como fazia de costume? Eu não sabia. Mas a hiena estava à espreita, disso eu tinha certeza.

No entanto, eu estava me sentindo bem naquele dia. Bem até demais. Eu tinha acabado de cruzar com o Campeão passando em frente à casa dele. Estava saindo do carro. Quando me viu, sorriu e me cumprimentou. Aproximou-se, colocou a mão na parte inferior das minhas costas e me deu um beijo no rosto. O contato da sua mão me transformou em tocha viva, me sentia como um personagem de desenho animado quando coloca os dois dedos na tomada. Parecia que o Campeão tinha transformado a minha pele no ponto das costas onde pousara a mão. Como se sua impressão digital persistisse numa região agora mais delicada e sensível.

Eu estava exatamente nesse estado quando cheguei em casa. E se a hiena não se intrometesse, eu sabia que ele poderia durar várias horas.

Minha mãe estava passando roupa na sala. Subi. Gilles brincava com seu *Game Boy* no quarto dos cadáveres. Tudo parecia normal.

Fui para o meu quarto, sentei-me no parapeito da janela, fiquei pensando de novo no corpo do Campeão, no seu olhar, na sua mão nas minhas costas. Eu estava conhecendo a criatura macia e quente que vivia na minha barriga.

Eu poderia passar horas assim. Um estado de ausência, de plenitude, de conexão absoluta com meu corpo e minhas sensações.

Foi então que ouvi berros da minha mãe, vinham do jardim, embaixo da minha janela. Eu não podia vê-la por causa dos galhos do carvalho, mas sabia que estava no cercado das cabras.

Eu conhecia seus gritos, aqueles de quando meu pai perdia o controle da raiva e do Glenfiddich, mas eram gritinhos de ameba. Nada comparável ao que dilacerou a calma daquele fim de tarde de verão.

Desci correndo para o jardim.

Vi minha mãe de costas, ajoelhada na lama, inclinada sobre uma coisa que eu não distinguia bem. Aproximei-me.

Cominho. O bode jazia em seu sangue ainda fresco. Minha mãe tentava reanimá-lo em vão, os lábios colados à boca do animal. No lugar dos olhos, escancaravam-se duas órbitas sanguinolentas. Suas orelhas haviam sido arrancadas e se encontravam a alguns centímetros de seu lugar natural. A garganta estava cortada tão profundamente que a cabeça se ligava ao corpo apenas pela coluna vertebral. O corpo havia sido golpeado em tantos lugares que não havia mais nenhum centímetro quadrado de pelo que não estivesse impregnado de sangue.

Minha mãe insistia na respiração boca a boca. Fiquei olhando para ela por alguns segundos, perguntando-me se teria lutado com a mesma energia por Gilles ou por mim.

Eu a segurei pelos ombros. "Acabou, vem." Ela lançou um longo uivo.

Depois o choro.

Ela se virou para mim, me tomou nos braços e chorou por um bom tempo. Um gesto de consolo, mas não apenas isso. Eu senti amor nele. Até cheguei a perceber algo como: "E se acontecesse alguma coisa com você, minha querida?"

Talvez eu tenha me enganado. Permanecemos ali por alguns minutos, chorando nos braços uma da outra. Chorei porque ouvia novamente a risada da hiena e estava apavorada. Mas também porque me encontrei um pouco com a minha mãe e, de repente, senti amor por ela.

Em seguida, chorei pela perda do meu irmão. Fazendo-o massacrar Cominho, os parasitas deram um duro golpe em seu bastião de resistência, na aldeia dos irredutíveis, e eu duvidava que houvesse sobreviventes.

Uma onda de cansaço me abateu. Eu me perguntei se tudo aquilo valia a pena, se não era pequena demais, fraca demais para enfrentar aquilo, aquele caos sórdido que parecia decidido a invadir minha existência. Tive vontade de adormecer e de nunca mais acordar.

Depois fiquei com frio. Foi bobo assim. Fiquei com frio e tive vontade de entrar. Peguei minha mãe pelo braço e a levei para dentro de casa. Ela me seguiu. Também estava cansada, com certeza mais do que eu. Eu me perguntei como ela fazia para aguentar.

Acomodei-a no sofá, onde continuou a soluçar. Liguei a TV para lhe fazer companhia e fui ver Gilles no quarto dos troféus.

Ele estava lá, sentado no chão, perto da hiena. Dali, era impossível que não tivesse ouvido os berros da minha mãe.

— Por que você fez isso?

Ele não tirou o nariz do videogame.

— Por que eu fiz o quê?

— Você sabe muito bem.

Ele não respondeu nada.

— Você não ouviu a mamãe gritar?

— Eu estava com o *walkman*.

Ele estava sentado, encolhido sobre seu *Game Boy*.

Eu dei um grande pontapé na sua coxa. Bati com força. Fez um barulho surdo.

Ele riu.

Gilles tinha crescido. Seu corpo magro parecia o de um grande pássaro. Um abutre. Seus cabelos tinham escurecido também. Ele estava deixando crescer, o que lhe dava um ar meio anos setenta, totalmente fora de moda. Apesar de tudo, continuava bonito. Especialmente seus olhos, de um verde sobrenatural. Parecia um personagem de Stephen King. Eu me perguntava que garoto ele seria se o acidente do sorveteiro não tivesse acontecido.

Observei os animais empalhados à nossa volta. Parecia que Gilles fazia parte da família deles. Um espécime de filhote humano entre os espécimes das outras espécies. Absorvido por seu jogo, parecia já ter se esquecido da minha presença.

Desci para ver minha mãe. Ela ainda estava no sofá. Tinha parado de chorar. Estava prostrada, os braços dobrados sobre o peito, e se balançava para a frente e para trás, gemendo. Na TV, um comercial louvava as virtudes de uma marca de hambúrguer. Desliguei.

Foi nesse momento que meu pai voltou do trabalho. Expliquei o que tinha acontecido.

— Ah, deve ter sido um cachorro. Os marginais do bairro não sabem educar os bichos.

— Não, não foi um cachorro. Cachorro não arranca as orelhas, cachorro não tortura. E, acima de tudo, cachorro não deixa um corte tão limpo na garganta.

Era a primeira vez que enfrentava meu pai, e sua cara me dizia que eu tinha acabado de cometar um grave erro.

Minha mãe saiu da prostração.

— Teu pai sabe o que diz... Ele tá acostumado, vê animal morto o tempo todo.

— Mas ele nem viu!

— Foi um cachorro, tô te dizendo. Ponto final.

Meu pai enterrou os restos de Cominho no bosque dos Enforcadinhos.

A chuva, enfim, cessou e o outono chegou.

Eu menti para o meu pai dizendo que queria ganhar dinheiro para dar um presente de aniversário para o Gilles. Então, eu precisava arranjar um. Não tinha a menor ideia. Tudo o que poderia lhe agradar aumentava o risco de alimentar os miasmas em sua cabeça. Eu o observei bem durante os dias seguintes ao massacre de Cominho. Ele lambeu cada gota de sofrimento da minha mãe. Ela vagava pela casa, confusa como uma gata que perdeu os filhotes. Às vezes, lançava guinchos quando sua dor se tornava insuportável. Eles escapavam como jatos de vapor de uma panela de pressão. Ela tentava contê-los o máximo que podia, mas a pressão era forte demais, o que acabou irritando meu pai: "Agora chega de frescura!", ele grunhiu. Seu movimento com o maxilar não passou despercebido para a minha mãe. O terror sufocou a dor.

Mas meu irmão saboreou seu sofrimento. Ele ficava hipnotizado olhando a nossa mãe. Seus lábios relaxavam, seu pescoço se tensionava e, como uma sanguessuga, ele aspirava cada lágrima que brotava.

No fim das contas, dei o *Donkey Kong*, um jogo novo para o seu *Game Boy*. Pelo menos, enquanto jogava, ele não fazia mal a ninguém.

Voltei para a escola um ano acima do meu. Os outros alunos tinham um ano a mais do que eu, mas ainda os via como um exército de cretinos cruéis e frívolos. Farejavam o traseiro uns dos outros, sem ter coragem de agir. As meninas tinham medo de passar por putas e os meninos por tarados. Quando na verdade eram apenas organismos atordoados pela cacofonia de seu sistema hormonal em plena mutação. E não havia vergonha nenhuma nisso.

Minha escola era um imenso bloco de concreto negro ladeado por algumas árvores. De certa maneira, ele se parecia um pouco com o Conceito. O charme de um bunker, rodeado por uma vegetação domesticada. Uma natureza que ainda era tolerada, mas que perdera a batalha havia muito tempo.

As salas de aula eram pontuadas por algumas janelas, estreitas fendas. Tão estreitas que um corpo não conseguiria atravessar. Era uma bela metáfora do sistema pedagógico do estabelecimento. Uma camisa de força que nem se dá ao trabalho de criar uma ilusão de liberdade. Eu apreciava a ironia da coisa. Pelo menos, tinha o mérito de ser coerente.

A imagem da camisa de força não estava tão distante da realidade. Adolescentes alinhados como vegetais atrás de seus bancos, forçados a passar os dias escutando professores cansados falarem. Aquilo parecia mais um castigo. Em todo caso, estávamos longe do "prazer de aprender" e da "alegria do saber" pregados pelo discurso do diretor a cada início de ano.

Eu suportava muito mal a imobilidade. Uma hora com a bunda na cadeira parecia uma verdadeira tortura para mim. Eu precisava de movimento. Na casa do professor Young, nunca me sentava. Ficava para lá e para cá na sala de jantar, como um atleta antes de uma competição. Como se o saber precisasse de movimento para ir se depositar no lugar certo. Meu corpo estava totalmente envolvido no processo de aprendizagem. Quanto mais eu crescia, mais eu tomava consciência de sua existência e de sua complexidade. Portanto, eu sofria na aula. Meu corpo não tinha o direito de existir, meu espírito faminto ficava a pão e água. Então, ele fugia pelas fendas para passear no bosque. Eu sonhava com o Campeão. Ele pegava a minha mão e me olhava, como tinha me olhado no dia do bazar, quando eu me senti nua no meio da multidão. E eu entendia que ele me dava a permissão para tocá-lo. Meus dedos tocavam levemente seu braço. No ponto onde começava sua tatuagem. Nunca tive tempo de ver direito o que ela representava. Mas eu imaginava que era um grande símbolo tribal que falava de mim. Meu nome, talvez. Como se tivesse me esperado a vida toda, como se tivesse tido a premonição do nosso encontro, e tivesse me gravado na epiderme antes mesmo de me conhecer.

Eu sabia que meu corpo também estava submetido à grande sopa de hormônios, como o das outras pessoas. E que essa grande sopa me dava vontade de me reproduzir. Porque é assim que uma espécie se perpetua. E eu não escapava à regra. E sabia que pensar no Campeão criava uma espécie de sucedâneo de ato sexual, e que esse sucedâneo liberava endorfina, e que isso acalmava um pouco meu corpo. Até a próxima aula.

No início do verão seguinte, meu pai fez um comunicado estranho. Ele tinha decidido que Gilles e eu participaríamos de um jogo noturno. Era um negócio que ele organizava com os amigos do clube de tiro para calejar as crianças, para que a gente se acostumasse a andar na floresta à noite.

— Pode acontecer a qualquer momento, não vou avisar antes, vocês devem estar prontos.

Para cada um ele deu uma pequena mochila com um cantil, uma capa impermeável, binóculos, algumas barras de cereal e uma faca de bolso.

Essa mochila deveria ficar ao lado da nossa cama, pronta para ser alcançada no meio da noite, com uma calça jeans, um casaco e botas de trilha.

Eu não entendia por que ele estava me deixando participar de uma das suas atividades, mas estava feliz por ser aceita no seu círculo pelo menos uma vez. Mesmo que me apavorasse a ideia de ficar no meio da floresta, no escuro, com meu pai e meu irmão. Eu sabia que a hiena não estaria longe e que ela seguiria meu rastro.

Naquele verão, eu me deitava todas as noites morrendo de medo. Atenta ao menor movimento na casa. Dovka dormia aos meus pés, tranquila, sem desconfiar da ameaça que rondava. Eu invejava a sua despreocupação. Só adormecia tarde da noite, quando tinha certeza de que não viriam mais me arrancar da cama.

Gilles repetiu de ano. Ele não manifestava o menor interesse pela escola. Ele não manifestava o menor interesse pelo que quer que fosse, exceto pela morte. Na verdade, acho que não sentia mais quase nada. Sua máquina de fabricar emoções estava quebrada. E o único meio de sentir era matando ou torturando. Imagino que alguma coisa acontece quando se mata. Um elemento no grande equilíbrio do universo se desloca e isso gera uma sensação de superpoder.

Gilles entediava-se. Eu sabia que conseguiria mudar o passado um dia. Mas isso levaria tempo e, enquanto esperava, a vida do meu irmão seria uma longa estrada monótona repleta de carcaças de animais.

Já a minha vida era bem diferente. Eu tinha objetivos. E até momentos de intensa alegria. Cada uma de minhas aulas com o professor Young era um passeio num planeta novo, que só pertencia a mim e no qual a hiena não existia. E quando não estava na casa do professor, eu continuava a visitar esse planeta trabalhando sozinha em casa. Estudava sem descanso, dissecando as equações mais complexas, lendo publicações científicas de pesquisadores contemporâneos. Às vezes, até surpreendia o professor Young com resultados de pesquisas que nem ele conhecia. Sonhava em integrar essas equipes que fazem experiências sobre as leis da temporalidade. Eu não era a única a sonhar com a viagem no tempo e estava impaciente para poder encontrar esses "outros", loucos o bastante para sonhar com isso também. Pensava muito na Marie Curie. Ela me acompanhava. Estava sempre lá, na minha cabeça, e a gente conversava. Eu imaginava seu olhar permanentemente sobre mim, amoroso, maternal. Acabei me convencendo de que, lá do reino dos mortos, ela tinha decidido se tornar uma espécie de madrinha para mim. Ela se uniu à minha causa.

O professor Young não gostava da ideia de viagem no tempo. Mas fazia parte do grupo de cientistas que sustentavam que seria possível. A comunidade estava dividida sobre esse ponto. Stephen Hawking, por exemplo, sugeria que se a viagem no tempo fosse possível, então, já teríamos recebido a visita de viajantes vindos do futuro. O fato de tais visitas não acontecerem demonstraria a impossibilidade da exploração temporal. Eu achava esse argumento inconveniente. Supondo que alguém conseguisse, era difícil imaginar os homens do futuro desembarcando de chinelo e camisa havaiana para bancarem os turistas nos anos noventa. Além disso, havia fenômenos inexplicados o suficiente – atribuídos pelos mais ingênuos a visitas extraterrestres – para não refutar que viajantes do futuro pudessem muito bem existir.

De todo modo, o professor Young sustentava que tal invenção era teoricamente possível, mas que fazia parte daqueles territórios da ciência que era melhor não explorar.
Ele dizia: "A viagem no tempo é como a imortalidade, é uma fantasia compreensível, mas é preciso aprender a aceitar o inaceitável. O homem quer compreender, é o lado bom da sua natureza, da sua natureza infantil. Observe, compreenda,

explique: esse é o seu trabalho como cientista. Mas não intervenha. O universo tem as suas leis, e isso funciona, é um sistema que se constrói a si mesmo; ele é arquiteto, ação e produto ao mesmo tempo, você nunca será mais esperta do que ele. Eu tentei antes de você, eu sei do que estou falando."
Se tivesse conhecido Gilles antes do acidente do sorveteiro, ele nunca diria uma coisa dessas. Existem coisas que não podemos aceitar. Se não a gente morre. E eu não tinha vontade de morrer.
Eu começava a vislumbrar como a vida era bela quando não se tem na cabeça um homem sem rosto.

O professor Young tinha sido um físico eminente, reconhecido em sua comunidade científica por seus trabalhos sobre a relatividade geral. Mas perdeu a credibilidade por causa de uma teoria sobre a dispersão dos corpos que ele jamais conseguiu provar. Se um corpo pudesse se desintegrar e, em seguida, se recompor, isso tornava possíveis hipóteses como a viagem no tempo ou o teletransporte. E o professor estava convencido disso. Ele alegava que isso acontecia em circunstâncias particulares, sobretudo no momento do orgasmo.
Cada átomo do corpo humano se dispersaria pelos quatro cantos do universo, provocando uma desintegração total do sujeito durante uma unidade de tempo extremamente curta. Depois, tudo volta ao lugar. A duração do fenômeno seria da ordem de um attosegundo, ou seja, um trilionésimo de segundo. Impossível de mensurar.
Ele também levantava a hipótese de que quanto mais potente fosse o orgasmo, mais longa seria a duração do fenômeno.

Para provar a validade da sua teoria, o desafio era obter um orgasmo de potência atômica, num corpo coberto de sensores espectroscópicos a fim de observar o fenômeno da desintegração.

Nem precisa dizer que a sua teoria o transformou no deboche de seus colegas. Ele publicou alguns artigos sobre o assunto em revistas especializadas. Todas as suas solicitações de financiamento foram rejeitadas numa grande gargalhada de todas as comissões avaliadoras. Desde então, ficou amuado num canto, recusando as propostas de cargos de professor universitário. Mas eu sentia que, de algum modo, ele esperava ter a sua revanche sobre a comunidade científica algum dia.

E, talvez, a sua revanche fosse eu.

Revi o Campeão várias vezes naquele verão. Às vezes, eu o encontrava no Conceito no caminho até a casa do professor Young ou passeando com a Dovka.

E depois teve aquela noite.

Ele me pediu para tomar conta das crianças. Normalmente era a Pluma quem me chamava. Mas dessa vez ele estava sozinho; ela tinha ido passar alguns dias na casa da sua mãe, no sul. Ele precisava da minha ajuda.

A noite transcorreu bem, como sempre. As crianças tinham, então, um e três anos. Era a vez da pequena Yumi ter dores de crescimento. Mas Takeshi me pediu massagem também, então organizei uma grande sessão de spa no quarto deles, tratando-os com formalidade: "Sr. Takeshi", "Sra. Yumi", "Os senhores aceitam um pouco mais de chá na mamadeira?",

"A temperatura do óleo está agradável?", "Oh, perdão! Fiz cócegas no senhor, foi totalmente involuntário!".

Bastava pressionar levemente suas coxinhas leitosas entre meu polegar e indicador para fazê-los cair na gargalhada. Coloquei-os na cama muito tarde, mas eu estava precisando daquele calor.

Quando eles finalmente adormeceram, não tive vontade de ligar a TV. Havia algum tempo eu não a suportava mais. Acho que ela me lembrava muito o meu pai. E cheiro de uísque.

Então, fiquei circulando pela casa. Comecei a observar cada detalhe, cada livro, cada objeto, cada foto, brincando de fazer deduções sobre a vida deles, seus gostos, hábitos. Sorri vendo o *Sega Mega Drive* e o jogo *Mortal Kombat II*. As crianças eram pequenas demais para brincar com aquilo. Tinha um controle ligado ao console e um outro sobre a prateleira, coberto por uma fina camada de poeira. Supus que o Campeão e a Pluma não jogavam juntos havia muito tempo.

Na estante, estavam misturados Reiser, Wolinsky, Gotlib, Sand, Maupassant, Zola, Christie, Austen, Dumas, Jardin, Bellemare... E um livro escondido atrás dos outros: *A sexualidade dos casados – Como manter a chama?*. Eu me detive sobre ele, sabendo muito bem que não tinha esse direito. Havia conselhos do tipo "Surpreenda o seu parceiro", "Faça amor em todos os lugares, exceto na cama", "Quebre a rotina", "Viaje no fim de semana", "Use acessórios". Havia anotações a lápis com uma letra que eu imaginei ser da Pluma. Aliás, a maioria dos conselhos parecia endereçada às mulheres: "Vista uma lingerie sexy", "Experimente a depilação total".

Eu estava tão absorvida pela leitura que não ouvi o carro do Campeão.

Havia um capítulo ilustrado com esquemas. E, no fim, um livrinho com um jogo. Em cada página havia o desenho de um casal numa posição diferente. A ideia era abrir aleatoriamente e imitar a imagem. A Pluma tinha marcado algumas páginas.

Eu me perguntava se era para mostrar o que ela preferia ou o que menos agradava.

Foi então que senti a presença do Campeão. Soltei um grito de surpresa. Ele estava lá, ao lado do sofá. Seu corpo musculoso, moldado pela calça jeans e camiseta branca justos, as chaves na mão. Seu rosto estava vermelho vivo, e eu não sabia se era de constrangimento ou de raiva.

Ele disse apenas: "Coloca no lugar, por favor".

Acho que ele não estava mesmo com raiva. Mas o ar da sala ganhou uma consistência especial. Estava espesso, como se cada um de nossos gestos deslocasse uma grande quantidade de matéria.

Coloquei o livro no lugar dizendo: "Desculpa, eu..."

Em seguida, avancei em sua direção, rumo à porta.

— Eu posso voltar pra casa sozinha, não precisa me levar.

Ele parecia pego de surpresa. Hesitou por alguns segundos antes de responder.

— Ok. Foi tudo bem?

— Foi, foi sim. Muito bem.

Quando passei diante dele para sair, ele segurou meu punho.

— Espera.

Ele cheirava a álcool. Mas não ao uísque do meu pai, era algo mais leve. Provavelmente cerveja.

— Eu não vou contar nada pra ela sobre o livro. Isso fica entre nós.

Meu punho ainda estava em sua mão.

— Ok. Obrigada.

O ar estava tão denso que entrava com dificuldade nos meus pulmões. Meu corpo nunca tinha estado tão próximo do seu. Agora eu sabia o que pulsava ali, entre as minhas pernas, era o meu sexo chamando o seu.

Lembrei que estava na versão errada da minha vida. Um dia eu voltaria no tempo. Eu poderia experimentar tudo, não havia nenhum risco. Eu voltaria àquela tarde de verão dos meus dez anos e nada disso existiria.

Então, aproximei meu rosto do seu. Senti seu hálito. Era cerveja mesmo.

Meus lábios encostaram no seu rosto. Se eles tivessem se retirado de imediato, se eles tivessem se afastado tão rapidamente quanto tinham se aproximado, teria sido um simples beijo no rosto. Mas como dois ímãs quando colocados muito perto, nossas bocas se encontraram. Nós tínhamos ultrapassado o ponto de não retorno magnético.

Beijei seus lábios que, alguns anos antes, gritaram para o bêbado: "Seu velho de merda!".

Nesse momento, ele sussurrou: "O que você tá fazendo?"

Minha resposta foi beijá-lo com ainda mais intensidade.

Então, meus lábios se abriram e a língua do Campeão acariciou minha boca, bem devagar.

Seus braços se fecharam em volta do meu corpo, puxando-me para ele. Eu me senti tão frágil quanto um palito de fósforo. Sua boca deslizou para o meu pescoço. Suas mãos subiram até os meus ombros, em seguida desceram novamente, até meus seios. Então, sua respiração mudou, tornou-se mais intensa, a pressão dos seus braços ficou mais forte. De repente, suas mãos seguraram meus ombros e me afastaram bruscamente para longe do seu corpo.

— Não. Vai pra casa.

Ele não tinha coragem de me olhar. Eu respirava seu silêncio. E não queria deixá-lo. Meus olhos se ergueram até o seu queixo.

Não fui eu quem decidiu. Meus lábios saltaram sobre os seus. Eu não conseguia imaginar uma força poderosa o bastante para nos separar. E não entendia por que aquilo que estava acontecendo naquele momento era proibido. Eu o amava. E ele me amava de certa forma, estava convencida disso. Simples assim. Sua língua acariciou mais uma vez a minha boca, sua garganta soltou um suspiro, em seguida, suas mãos me afastaram novamente.

— Para!

Dessa vez sua voz foi mais firme.

Ele me olhou. Havia algo de suplicante em seus olhos.

Fiz um esforço sobre-humano para me afastar dele e sair daquela casa.

A noite estava clara no Conceito. Eu sentia que algo me chamava para longe dali. Tive vontade de correr, num misto de alegria e de impaciência. Estava preenchida por uma energia que podia me levar para longe e me fazer realizar milagres. Mas, por enquanto, tinha que voltar para a minha casa.

Minha casa. Perto do meu pai, da minha mãe, do meu irmão e da morte.

Desci a rua e entrei. Meu pai estava sozinho no sofá, sobre a sua pele de urso, no escuro, o rosto iluminado pela luz azulada da TV. Subi sem fazer barulho.

Não estava com a menor vontade de dormir. Até torci para que o jogo noturno acontecesse naquela noite, pois me sentia capaz de enfrentar tudo. Quando tirei a roupa para me deitar, senti que meu sexo tinha um cheiro diferente. O cheiro do prazer. Adormeci nos braços do Campeão. Eu desejava sua presença com tanta intensidade que podia sentir seu corpo junto ao meu. Ele estava dormindo a apenas alguns metros dali. Sozinho.

Meu pai nunca mais falou sobre aquela história de jogo noturno, então acabei pensando que ele tinha esquecido. Mesmo assim, permaneci alerta todas as noites. Ficava atenta ao menor estalido no silêncio da casa.

Diante da minha janela, o carvalho ainda projetava sua sombra ameaçadora. Às vezes, o vento agitava a sombra e os galhos dançavam uma valsa macabra no pé da minha cama. Eu assistia ao balé sórdido com o corpo tenso, com um nó na garganta. Esperava que meu relógio mostrasse "3h00" antes de dormir.

Uma noite, por volta do fim de agosto, o momento finalmente chegou.

Era exatamente 00h12. Houve uma movimentação no quarto dos meus pais, depois percebi o passo pesado do meu pai no corredor. A porta do meu quarto se abriu: "Tá na hora", ele grunhiu. Eu me vesti rapidamente sob o olhar curioso da Dovka. Uma calça jeans, sapatos adequados, uma camiseta, um moletom com capuz, minha mochila.

Dovka quis me seguir, eu disse "não", então ela voltou a se deitar na minha cama. Eu ainda não tinha a dimensão do quanto a invejaria ao longo daquela noite.

No andar de baixo, meu irmão já estava pronto no hall de entrada. Meu pai me encarou enquanto eu descia as escadas, como se examinasse cada parte do meu corpo. Como se imaginasse qual delas ele escolheria para pregar numa base de madeira, em sua parede de troféus. Percebi que era melhor não ir com eles, que não deveria entrar naquela floresta com aqueles dois. Mas eu não tinha escolha. Ninguém pediu a minha opinião.

Saímos de madrugada e entramos na caminhonete 4×4 do meu pai.

Rodamos por uma hora rumo às árvores, rumo à floresta imensa. Aquela que pode te engolir por quilômetros e quilômetros quadrados, e onde, dizem, os lobos rondam novamente.

Não havia uma nuvem no céu. À medida que nos afastávamos das luzes do mundo dos homens, as estrelas apareciam como milhares de espectadoras ocupando seus assentos para assistir a um espetáculo. Eu não conhecia nem meu papel nem o dos demais personagens, mas sabia que não deveria subir no palco.

A estrada tornou-se mais estreita e mergulhava na floresta, no coração das trevas. Os pinheiros elevavam-se à nossa volta como sentinelas.

Eu tinha a sensação de que eles me esperavam. Após alguns quilômetros naquela estrada estreita, o carro desviou para uma trilha de terra batida que se insinuava numa inclinação suave rumo às profundezas da noite. A débil claridade da lua esvanecia no cume das árvores, mergulhando o chão numa escuridão opaca. Os faróis projetavam sua luz sobre os troncos, fazendo-os surgir do nada como gigantes prontos para nos atacar. Disse a mim mesma que se um predador vagueasse por aquele bosque, ele não teria nenhuma dificuldade em nos identificar de longe. Com a luz dos faróis, éramos um verdadeiro alvo ambulante.

Chegamos perto de uma clareira na qual nos aguardavam duas outras caminhonetes, dois homens e três garotos.

Ao descer do carro, meu irmão dirigiu-se até os garotos. Deduzi que eram seus colegas do clube de tiro. Era a primeira vez que eu via meu irmão manifestar amizade por alguém desde o acidente do sorveteiro. Parecia até que ele os considerava companheiros de jogo. Uma cólera selvagem transbordou do meu peito. Filho da mãe. Não querer mais brincar comigo era uma coisa, mas se divertir com outras crianças, aquilo me deu vontade de enfiar a mão na cara dele, toma! Depois de tudo que fiz por ele.

Mas então lembrei que não era ele. Apenas os miasmas que infestavam seu crânio, transformando-o numa pequena nuvem zumbidora de esguichos viscosos e ossos triturados.

Os homens cumprimentaram-se com tapinhas nas costas e apertos de mão. Também era a primeira vez que eu via meu pai manter relações sociais fora do nosso círculo familiar. Gilles e ele me deixavam entrever seu universo e, de certa forma, eu estava lisonjeada.

Entre os meninos, havia dois irmãos que deviam ter dez e doze anos. Eles eram secos e duros. Vestindo camisetas pretas, lembravam dois chicotes.

Magros, fortes, treinados. Suas palavras percutiam puras e precisas. Jamais fluidas, jamais supérfluas. O menor lançou-me um rápido olhar, mas eu sabia que tinha me analisado inteira. Ele examinaria os detalhes mais tarde, tranquilamente, no pequeno quartel general da sua memória.

O maior deles era o centro das atenções, pois mostrava a espingarda que acabara de receber. Eu não entendia nada daquilo, mas, aparentemente, era uma arma excepcional, a julgar pelas exclamações de admiração dos demais.

O terceiro garoto era o exato oposto dos dois primeiros. Se naqueles tudo sugeria o rigor e a disciplina, este parecia ter crescido todo errado, ao sabor dos seus caprichos. Era pálido e gorducho como se tivesse sido incubado numa garrafa de

Coca-Cola. Ele falava alto e dizia ao pai que queria a mesma *gun*. Não, ele não dizia, ele ordenava. E o pai ria nervoso, explicando que era caro pra caramba, embora já soubesse que tinha perdido a discussão.

O pai dos dois chicotes olhava-o num misto de piedade e desprezo. Parecia um adestrador de cães. Eu estava esperando a hora em que ia tirar um apito ultrassônico do bolso para se comunicar com os filhos.

Mas o chefe do bando era meu pai. Isso estava claro. Provavelmente, graças à presa de elefante. Talvez, no mundo dos caçadores, o chefe seja aquele que matou o maior animal. Ou a maior quantidade. Em ambos os casos, meu pai ganhava de longe.

Ele disse: "Bem, crianças, vocês estão com o material?"

— Sim! — todos nós respondemos.

— Nesta noite, vocês vão participar do seu primeiro rastreamento. O rastreamento é...

Parecia que ele estava relembrando uma história de amor.

— É o momento em que se estabelece o vínculo entre vocês e o animal. Um vínculo único. Vocês vão ver que é o animal quem decide. Chega uma hora em que ele se oferece, pois você foi o mais forte. Ele se rende. E é nessa hora que você atira. Isso exige paciência. Você tem que intimidar a sua presa até que ela decida que prefere a morte. Vocês vão perceber que não são os olhos nem os ouvidos que guiam até a presa. É o seu instinto de caçador. A sua alma entra em comunhão com a do animal, e você só tem que deixar seus passos te levarem até ela, calmamente, sem pressa. Se vocês são verdadeiros matadores, então vai ser fácil.

"Nesta noite não vai ter morte. Só rastreamento. E a presa será..."

Meu sangue gelou no instante em que ele se virou para mim.

— ... você.

Os quatro garotos zombaram.

— O objetivo não é machucar. É minha filha. Até porque quero casar ela algum dia, ha ha ha! Não vão me estragar ela! A morte vai ser simbolizada por uma pequena mecha de cabelo. O primeiro que me trouxer uma, ganha. Mais uma vez, não é pra arrancar metade do cabelo, uma mechinha basta.

Eu protestei: "Pai, não! Não quero! Não quero fazer isso!"

Seu maxilar fez aquele movimento estranho, e entendi o porquê daquele olhar enquanto eu descia a escada, uma hora e meia antes. O sangue da hiena corria em suas veias. E minhas súplicas a deliciavam. Mais um pouco e ela lamberia os beiços.

Com sua voz grave, ele disse:

— Corre, você tem direito a cinco minutos de vantagem.

— Pai, por favor, para.

Meus olhos se encheram de lágrimas e o choro apertou seus tentáculos em volta da minha garganta.

Meu pai acionou o cronômetro de seu relógio.

— Você tá perdendo tempo.

Olhei os outros. Os dois chicotes, o pai deles; o gordinho, o pai dele. Eles estavam esperando que eu saísse correndo. Meu olhar encontrou o de Gilles. Ele abriu um sorriso cruel, aquele que fedia. Grande filho da puta. Eu quis berrar. Arrancar seus assustadores olhinhos de merda, mergulhar minha mão todinha neles para arrancar a infecção da sua cabeça, e massacrá-la com grandes socos, gritando "Seu merda!" como o Campeão fizera com o bêbado. Ouvi a risada da hiena. Ela ressoou por toda parte, no meu crânio, na floresta, no céu negro daquele verão que poderia ter sido tão lindo, com seu calor e seu perfume de tempestade.

Eu não chorei. Eu não podia chorar. Chorar não. Não ia dar mais esse gostinho para a hiena.

Dei meia-volta e comecei a correr. A lógica seria recuar pelo caminho de onde viemos, seguir a pista de terra batida para voltar à estrada, parar o primeiro carro que me levaria de volta à cidade mais próxima, e lá eu poderia pensar melhor. Mas depois de alguns metros, percebi que seriam necessários muito mais do que cinco minutos para que um carro passasse naquela estrada deserta no meio do bosque. E que ali, naquele descampado, eu seria uma presa fácil. Então, desviei rumo à floresta e seu negrume espesso como um mar de asfalto. O mais importante era desaparecer. Afastar-me o máximo possível dos meus perseguidores. Depois eu poderia voltar para a estrada. Por enquanto, eu tinha que fugir. Corri tão rápido que nem via mais onde colocava os pés. Quanto mais eu corria, mais o meu papel de presa se confirmava, e mais eu entrava em pânico. Tinha a sensação de voar. O tapete de folhas mortas do último outono farfalhava sob meus pés.

Coloquei os braços na frente do rosto para me proteger dos galhos que eu não enxergava na escuridão, e que pareciam querer arrancar meus olhos. Rezei para não dar de cara com uma cerca de arame farpado.

Eu não tinha a menor ideia de qual direção tomar, então, seguia em frente, tão rápido quanto as pernas permitiam. A extensão das árvores parecia infinita, eu tinha a impressão de que poderia correr assim por dias, até encontrar algo semelhante a uma civilização.

Cheguei ao pé de uma encosta íngreme de uns dez metros de altura. Por um lado, subi-la diminuiria meu ritmo, por outro, pensei que, no topo, eu teria uma ótima visão dos outros e que seria um bom esconderijo enquanto esperava o melhor momento para voltar à estrada. De todo modo, eu não conseguiria correr àquela velocidade por muito tempo. O pânico comprimia a minha garganta e meus pulmões ardiam. Eu não tinha como mensurar o tempo transcorrido desde que meu pai acionara o cronômetro, mas alguma coisa me dizia que os cinco minutos estavam se esgotando.

Quase como uma resposta para a minha pergunta, um grito rasgou a noite atrás de mim.

Meu sangue zumbia nos meus ouvidos, não distingui a palavra exata. Lembrava vagamente um "Jáaaaaaaaa!" e deduzi que aquele era o sinal de largada da caça, como quando Gilles e eu brincávamos de esconde-esconde no cemitério de carros. Percorri os últimos metros que me separavam do alto da encosta e me lancei contra um tronco grosso. Na penumbra, meu corpo e o da árvore podiam facilmente ser confundidos. Eu tentava recuperar o fôlego o mais silenciosamente possível, mas minha garganta chiava. O ar tinha toda a dificuldade do mundo para penetrar na minha traqueia, que se reduzira a um minúsculo buraco, comprimida pelo esforço, terror e soluços. Senti o desespero me vencer, rios de lágrimas enchiam meus olhos, ameaçando me transformar numa bolinha ofegante em seu tapete de espinhos. Mas minha raiva interveio, abatendo-se sobre os rios de lágrimas como um sol incandescente. Meu desespero secou e algo endureceu dentro de mim. O ar voltou a circular normalmente na minha traqueia.

Agucei os ouvidos para tentar medir a posição dos meus perseguidores, mas só os ruídos da floresta chegavam até mim. Um mocho piava a alguns metros dali. Talvez fosse uma coruja... O vento soprava nos galhos. Um silêncio ao mesmo tempo reconfortante e inquietante envolvia a noite.

Avaliei a situação. Se me escondesse ali, sem me mexer, não imaginava como poderiam me encontrar. As trevas, por mais aterrorizantes que fossem, eram as minhas melhores aliadas. Não poderiam me ouvir nem me ver, a não ser que ficassem a menos de dois metros da árvore sob a qual eu me abrigara. Mas, então, uma evidência me atingiu com a delicadeza de um trator. Desde que deixara o caminho de terra batida, corri em linha reta. Bastava seguirem a direção que eu tinha tomado no local onde me viram desaparecer por entre as árvores, e ela os levaria direto até mim, ao topo da encosta.

Mas que imbecil! Por que não pensei em correr na direção oposta?! A pessoa domina noções de física quântica, mas não consegue nem dar a volta num bando de caçadores pré-adolescentes!

Eu precisava manter minha vantagem avançando o mais furtivamente possível. Só me restava esperar que meus passos me guiassem para fora daquela floresta. Eu me levantei, dando as costas para o declive.

Meu primeiro passo lacerou o silêncio. As agulhas de pinheiro misturadas aos galhos secos emitiram um estalido sinistro.

Imaginei todos os predadores da região levantando as orelhas e estendendo o focinho em minha direção. Arriscando romper o silêncio, desde que mantivesse a minha vantagem, comecei a correr novamente. Pelo menos, o gordinho não me pegaria.

Eu ritmava minha passada, tentando esquecer que era uma menina perdida na floresta em plena madrugada, perseguida por um bando de doidos imprevisíveis querendo cortar meu cabelo. Esquecer as ameaçadoras sombras das árvores que eu imaginava a todo momento ganhando vida para atravessar minha carne com seus longos dedos pontiagudos.

Corri por muito tempo. Tanto tempo que minhas pernas ficaram doloridas. E começava a sentir sede. Avistei um tronco de árvore morta em cujo interior me refugiei, numa escuridão absoluta.

Deslizei a mochila dos ombros e a coloquei sobre os meus joelhos. Abri o zíper sem fazer barulho. Minha mão se esgueirou tateando para agarrar o cantil. Meu sangue gelou. Além do cantil e das barras de cereal, não havia mais nada na bolsa. Alguém havia retirado a capa, os binóculos e a faca. Durante todas aquelas noites de insônia, nunca havia pensado em verificar o conteúdo. Ela estava no meu quarto, no pé da minha cama, não tinha como...

Meu pai.

Eu o imaginei entrando no meu quarto para retirar os três objetos e essa imagem me apavorou. Porque ela materializava a ideia de que, desde o início, ele tinha decidido fazer de mim uma presa. E que, talvez, ele tenha saboreado tal perspectiva durante semanas. Tomei vários goles grandes de água para afogar os soluços que tentavam, mais uma vez, abrir caminho até a minha garganta. Minha raiva se rendeu e os rios ardentes inundaram as minhas bochechas.

Fiquei ali, chorando em silêncio por alguns minutos sob o tronco de árvore morta. Eu estava pensando em guardar meu cantil e retomar a corrida, quando um barulho me assustou. Um *crec* seco. Vinha de muito perto, a poucos metros de onde eu estava. Tinham batido em algo duro.

Meu corpo retraiu-se sob o tronco, como uma ostra sob um jato de vinagre. Parei de respirar. Alguém estava ali, bem perto, do outro lado do tronco. Não conseguia vê-lo, mas podia senti-lo.

Lembrei-me das palavras do meu pai. "A sua alma entra em comunhão com a do animal e você só tem que deixar seus passos te levarem até ela, calmamente, sem pressa."

Minha alma estava em comunhão com outra: a de um matador. Ele tinha me encontrado. A hiena tinha me encontrado. Eu tinha esquecido que era impossível se esconder dela. Ela estava em tudo, por toda parte, na pele do mundo. Estava decidida a me farejar com seu focinho monstruoso. Ali, na floresta, longe da tribo dos homens. Longe da Pluma e do Campeão. Longe do professor Young.

Fechei os olhos esperando ser descoberta. Era apenas uma questão de segundos. E talvez isso não fosse tão ruim. O jogo chegaria ao fim e eu ficaria livre em troca de uma mecha de cabelo. Eu só queria que aquilo acabasse. Voltar para casa, para a minha cama, para perto da Dovka.

Mas aquilo que se mantinha do outro lado do tronco não estava a fim de interromper o jogo. O terror fluía da minha alma para a sua, e ele se deleitava com isso. Eu tinha certeza de que não eram nem os três moleques nem os pais deles. Era meu irmão, meu pai ou outra coisa... E eu não sabia qual dessas três ideias me apavorava mais. Ouvi uma respiração rouca. Ou era o vento que fazia ranger a copa dos grandes carvalhos? A coisa se aproximou, apoiou-se no tronco e veio farejar meu medo mais de perto. Com os olhos ainda fechados, senti seu hálito nos meus cabelos. Eu imaginava uma cabeça disforme, inchada de ódio, os caninos negros eriçados para fora de um focinho de réptil. Um olhar fosforescente.

A coisa parou para refletir. Os eflúvios da sua alma em decomposição atingiram a superfície da consciência em grandes bolhas fétidas.

Em seguida, ela se ergueu e se afastou, saciada.

Precisei de alguns minutos para conseguir refletir de modo racional novamente.

Eu precisava sair daquela floresta o mais rápido possível.

Agucei os ouvidos. O silêncio se fechara sobre a noite como uma cortina de veludo escuro. Eu estava só. E essa ideia me reconfortava tanto quanto me apavorava.

Meu corpo relaxou e decidi sair do meu esconderijo. Foi então que senti a dor.

Eu me apertei tão forte contra o tronco de árvore que um pequeno toco de galho ficou cravado nas minhas costas. Meu cérebro, cego de terror, não percebeu na hora.

Passei a mão por baixo da camiseta.

Erguendo-as sob a luz da lua, vi o sangue vermelho nos meus dedos.

Não devia ser muito grave, um simples arranhão, mas a visão do sangue fez as lágrimas voltarem mais uma vez.

Tentei calcular o tempo que faltava para o amanhecer. À luz do dia, tudo aquilo seria mais suportável. Além disso, eu supunha que aquele jogo idiota acabaria quando o sol nascesse. Eu nem sabia como eles planejavam me encontrar. Devia ser 1h30 quando o sinal de largada foi dado. O dia raiava por volta das seis horas da manhã naquela época do ano. Restava saber quanto tempo tinha se passado desde que comecei a correr na floresta. Trinta minutos? Uma hora? Não mais do que isso. Então, ainda restavam três horas de trevas a enfrentar. Estava fora de cogitação. Eu ia retomar a caminhada e sair dali. Correndo na mesma direção, provavelmente eu conseguiria sair depressa daquela floresta. Essa ideia me acalmou um pouco. Meus batimentos cardíacos recuperaram o ritmo normal. Estava até começando a me perguntar se a minha imaginação não havia pregado uma peça, e se eu não imaginara aquele predador. Afinal de contas, o único barulho que ouvi foi o CREC, assustador, é claro, mas talvez fosse um galho podre que cedera e que se espatifara no chão. Aliás, será que ouvi mesmo aquele CREC?

Eu me fazia essas perguntas enquanto ajustava as alças da minha mochila para recomeçar a corrida, quando o terror me atingiu e me fez soltar um grito.
Fiquei petrificada, os pés pregados no chão. A alguns metros de mim, meio iluminado por um raio de luar, destacava-se uma silhueta, absolutamente imóvel, junto ao tronco de um grande pinheiro.
Permaneci imóvel por alguns segundos, os olhos fixos sobre o que estava diante de mim.

Não conseguia ver seu rosto, oculto sob um capuz. Um crocito atravessou o céu. Acho que a imobilidade da silhueta me aterrorizava ainda mais que a sua presença. Ela me dizia que fugir não adiantaria de nada. Que ela tinha certeza de que me capturaria, não importava o que eu fizesse. Eu continuava a fitá-la esperando que tomasse uma decisão.

Foi então que o movimento do vento me intrigou. Ele fazia a silhueta mover-se como uma criatura fantasmagórica. Aproximei-me um pouco.

Não era ninguém. Era uma capa de chuva cáqui. A minha capa. Cravada num tronco com a minha faca.

O segundo grito ficou preso na minha barriga.

Quem fez isso não devia estar muito longe. Era até provável que estivesse me observando, oculto na penumbra. Eu podia sentir o seu olhar sobre a minha nuca e aquilo tinha o efeito de um punhado de vermes agitados, lutando para penetrar na minha pele.

Sem aviso prévio, minhas pernas começaram a correr de novo. Os meus passos martelavam o chão, sem saber aonde iam. Eu só tinha que escapar dali. Corria para atravessar o planeta, passar para um outro mundo, tanto faz. Eu não era uma presa, porra. Nunca.

No entanto, eu me comportava como uma, fugindo pela floresta, as entranhas queimando de pânico.

Eu corria tão rápido que não via o terreno se modificando sob meus pés. Rochas pontiagudas começavam a jorrar do tapete de espinhos. Tropecei uma primeira vez. Alguma coisa dentro de mim, provavelmente a minha razão, me dizia para ir mais devagar, mas o medo inundava as minhas veias, levando embora qualquer pensamento racional.

Meu pé direito chocou-se contra um grande rochedo, meu corpo levantou voo. Tive tempo para compreender: eu voava alto demais, ia rápido demais e não poderia fazer nada para evitar o choque.

Caí de barriga no chão. Senti o golpe de uma pedra no meu peito. Ouvi um *crec* por dentro. Pensei "Ai, uma costela" com uma lucidez de espectadora. Minha mão direita deslizou entre meu rosto e uma pedra afiada. A palma da mão não gritou quando a pedra a cortou. Foi mais corajosa do que eu.

Fiquei estendida por alguns segundos, incapaz de me mover, com a pedra na mão, a rocha na costela.

A dor se retorcia no meu peito e irradiava até os dedos do pé. Nunca senti tanta dor.

Foi então que ela eclodiu. No fundo do meu ventre. Não era nas vísceras, era mais profundo do que isso. Muito além de tudo. Brotou uma criatura muito maior do que eu. No meu ventre. Não era o mesmo bicho quente e macio que o Campeão alimentava. Este era horrendo. Seu rosto abjeto vomitava outras criaturas, seus filhotes. Aquele bicho queria devorar o meu pai. E todos aqueles que queriam o meu mal. Esse bicho me proibia de chorar.

Ele soltou um longo rugido que estilhaçou as trevas.

Acabou. Eu não era uma presa. Nem um predador. Eu era eu, e eu era indestrutível.

Reergui-me, os olhos secos. Minha costela quebrada me partia em duas, doía para respirar. Minha mão tinha um corte profundo, o sangue escorria num filete contínuo. Normalmente, quando me feria, meu primeiro reflexo era lamber a ferida, mas ali havia sangue demais. Tirei meu casaco, e, em seguida, a minha camiseta para fazer uma compressa. Cada movimento parecia uma punhalada no tórax. Vesti novamente o casaco com capuz, a mochila e enrolei a camiseta em volta da mão.

Fiquei na dúvida se voltava para buscar minha faca presa na árvore, depois pensei que minha reserva de raiva era tão grande, a criatura tinha vomitado tantos filhotes, que, se me atacassem, eu seria capaz de matar com as minhas próprias mãos.

Quando comecei a andar novamente, desejava do fundo dos meus recônditos mais sórdidos que aparecesse alguém para cortar uma mecha do meu cabelo. Ele ia ver só. Eu ia quebrar a sua fuça de merda.

Caminhei assim durante um tempo que eu não seria capaz de definir. E quanto mais eu caminhava, mais intensa se tornava a dor. Quase não sentia a da mão, mas a da costela me comprimia o peito e me impedia de respirar.

De acordo com o que tinha aprendido em ciências, a quantidade de endorfina no meu corpo devia estar diminuindo, o que tornava o sinal da dor mais perceptível.

Minha raiva arrefeceu um pouco, mas eu não tinha mais medo. Ainda me sentia indestrutível.

Em algum momento, parei para beber um pouco de água. Eu me forcei a comer uma barrinha de cereais também, pois tinha perdido muito sangue. Não o bastante para colocar a minha vida em perigo, mas o suficiente para provocar uma leve anemia. A ideia de desmaiar no meio daquela floresta era insuportável.

Estava colocando a embalagem vazia da barra de cereais no bolso da calça, quando algo me chamou a atenção à esquerda, muito longe, lá embaixo. Uma luzinha que se movia. Faróis. Eram faróis de carro. E pareciam se aproximar.

Comecei a andar de novo, tão rápido quanto a minha costela permitia, esperando chegar à estrada que eu imaginava diante de mim, antes que o carro passasse. Ele não parecia ir muito rápido, devia ser possível. Eu apressava o passo através da vegetação.

O terreno descia numa ladeira íngreme que mergulhava nas trevas. Meu abdome urrava, mas a ideia de sair daquela floresta era mais forte do que a dor. Pisei em alguns arbustos de sarça, arranhando as panturrilhas ao passar.

O carro se aproximava cada vez mais e parecia vir na minha direção.

Cheguei na parte de baixo da ladeira. Pisava sobre um chão que eu não enxergava, sempre repleto de arbustos espinhosos. Tropecei em um deles e cai por cima das mãos. Senti a mordida de uma urtiga, mas comparado ao que eu estava enfrentando era tão assustador quanto o miado de um gatinho. Levantei-me e avancei os poucos metros que ainda me separavam da estrada.

No local onde esperava sentir o asfalto sob os pés, vi apenas terra batida. Não era a estrada, mas uma trilha como a que havíamos percorrido algumas horas antes. (Quantas? Uma, duas, quatro horas? Eu não tinha a mínima ideia.)

Mas os faróis eram bem reais e avançavam na minha direção. Agora eu estava bem no meio do seu facho de luz, portanto o motorista deve ter me visto. De fato, o carro reduziu a velocidade, depois parou a alguns metros de mim.

O carro permaneceu imóvel por uns dez segundos, como se me observasse. Ofuscada pelos faróis, eu não via nem o carro nem os seus ocupantes, mas aquela demora não era um bom sinal. Finalmente, desligaram o motor e as portas do motorista e do passageiro se abriram ao mesmo tempo. Duas pessoas saíram. Eu não ousava me aproximar. As duas silhuetas avançaram, destacando-se na luz dos faróis.

O gordinho e seu pai.

Caminhar na floresta deve ter cansado o garoto. Ou aterrorizado. Provavelmente ele preferiu continuar a caçada com a caminhonete.

Eu não tinha vontade de fugir. Porque estava com dor, porque não tinha medo e porque a criatura horrenda tinha encontrado uma cara para espancar.

O garoto era um palmo mais alto do que eu e uns vinte quilos mais gordo. Mas o que eu sentia naquele momento era apenas impaciência. De sentir seu rosto destruído pelas articulações dos meus punhos.

Fiquei esperando, imóvel.

Ele avançou na minha direção com passos inseguros.

Soltou um "A gente te achou, você perdeu!" com a tesoura na mão. Mas sua voz traía uma pontada de angústia.

Ele se aproximou com cautela, como se tivessem mandado acariciar uma fera selvagem.

Cega pela luz dos faróis, eu só distinguia o seu vulto escuro, mas podia sentir sua testa coberta de suor e suas bochechas gordas trêmulas.

Quando chegou a alguns centímetros de mim, sua mão se levantou em direção aos meus cabelos.

Esperei que me tocasse. Eu saboreava aquela espera.

A ponta dos seus dedos tocou uma mecha loira.

E a fera saltou como uma bala saindo do cano de uma espingarda, percutida pelo gatilho. Meu punho golpeou a maçã do seu rosto com tanta força que ele se estatelou na trilha de terra. Eu me joguei em cima dele, a fera lançou seu rugido lá do fundo das minhas entranhas, escoltada por um exército de vikings sedentos de sangue.

Meu punho socou com tanta força que achei que ia afundar no seu crânio. Eu batia com a mão machucada, mas não sentia nada.

O garoto gritou: "Papaaaaaaaai!"

Eu ainda consegui bater por mais alguns segundos, depois, uma mão me agarrou pelos cabelos. Minhas pernas me lançaram para trás e eu mordi a primeira coisa que apareceu. Era um braço. Apertei as mandíbulas tão forte que sentia a carne ceder sob meus dentes.

Com sua mão livre, o pai me segurou pelo pescoço e apertou. Acabei largando o seu braço.

Ele me jogou no chão, fazendo minha costela quebrada se mexer.

Urrei de dor.

Minha cabeça estava imobilizada por suas mãos, mas meu corpo ainda se debatia, arqueando-se, projetando as pernas em todas as direções.

O pai berrou para o filho: "Me ajuda aqui, caramba!" O garoto se levantou, depois se sentou na minha barriga. Apoiou o joelho na minha costela. O sofrimento era tão grande que eu não conseguia mais respirar.

"Segura a mão dela!"

Eles agiram juntos, amontoados em cima de mim, me segurando no chão com toda a sua fúria, que já não servia para mais nada.

Eu não me mexia mais, asfixiada pela dor. Fui derrotada.

Ouvi o "chlik" da tesoura nos meus cabelos.

O pai e o filho me soltaram e correram para se refugiar na caminhonete, deixando-me lá, sozinha, deitada no meio da trilha.

O som de uma sirene de nevoeiro ecoou, devia ser o sinal para avisar que a partida terminara.

O filho desceu novamente do carro e o pai se afastou para parecer que o menino tinha conseguido a proeza por conta própria, como um adulto.

Eu fiquei no chão, furiosa comigo mesma e com a minha criatura que não era forte o bastante para me proteger.

O gordinho começou a soluçar a alguns metros de mim. Eu o tinha machucado com meus punhos. Ficamos ali por longos minutos: ele, sentado na beira do caminho, gemendo; eu, deitada na terra batida, digerindo a minha derrota.

Quando ouvi os outros se aproximarem, me levantei, não queria dar a imagem de fera vencida. O garoto secou as lágrimas com o dorso da mão e sacudiu a minha mecha em sinal de vitória. Os dois chicotes, os primeiros a chegar, não esconderam a decepção. A julgar pelo olhar do pai deles, aqueles dois teriam direito a algumas sessões adicionais de adestramento.

 Meu irmão chegou um pouco depois. Olhou a camiseta vermelha de sangue enrolada na minha mão.

 Pela primeira vez em muito tempo, não vi os parasitas se debatendo no fundo de suas órbitas. Pelo contrário. Vi que ele não concordava com aquilo. Que o jogo tinha ido longe demais.

 Ele olhou o gordinho e suas mãos se contraíram. A aldeia dos resistentes lançou um grito de revolta por trás dos vales desertos e dos pântanos. Ela não estava morta. Ainda bem.

 O amanhecer começava a tingir o céu negro de um azul violáceo.

 O olhar do meu irmão me fazia entender que eu tinha de continuar a lutar. Sem ele, talvez aquela madrugada tivesse tragado toda a minha vontade.

 Eu não sabia bem que atitude adotar diante do meu pai. Por um lado, tinha vontade de fazê-lo entender que eu não era uma presa, que eu não era a minha mãe, que eu não era vazia por dentro, que ali vivia uma fera, uma fera da qual era melhor não se aproximar.

 Mas, eu me dizia também que se não estivera à altura de lutar contra um gordinho espinhento e um homem de vontade tão firme quanto um pudim, ainda não estava pronta para enfrentar meu pai. E que, dali por diante, talvez fosse mais sábio manter a discrição.

 Então, baixei os olhos e assumi uma atitude de menina amedrontada.

O pai do gordinho tinha vestido uma camisa por cima da camiseta para esconder a mordida que devia estar sangrando um pouco, a julgar pelo gosto metálico que persistia na minha língua.

Meu pai apontou a minha mão sangrando com o queixo.

— Você se machucou?

— Eu caí em cima das pedras.

— Ha ha! Palavra de honra! Deixa uma mulher correr sozinha na floresta!...

Todo mundo riu. Menos Gilles e eu.

Percorremos o caminho de volta como o de ida, em silêncio. Quando voltamos para casa, minha mãe já tinha se levantado. Ela nos esperava no hall de entrada. Quando passei pela porta, vi o seu olhar. Eu devia estar mesmo assustadora com minhas roupas sujas, meu rosto arranhado e minha mão cheia de sangue.

Ela empalideceu, abriu a boca, em seguida, seus olhos encontraram os do meu pai, e seus lábios se fecharam novamente.

— Ajuda ela a fazer um curativo — ele disse —, ela conseguiu se machucar.

Algo me dizia que por trás daquela frase se escondia um embrião de culpa. Talvez fosse apenas a minha necessidade de consolo, mas me convenci de que meu pai não era o monstro que veio farejar meu medo sob o tronco de árvore.

Minha mãe me levou até o banheiro. Como estava acostumada a cuidar dos animais, ela sabia o que fazer. Desinfetou minha mão, depois tirou meu casaco. Ao ver a ferida na altura da costela, seus olhos se enevoaram e sua mão subiu em direção à boca. Ela conhecia aquela dor. Suas lágrimas rolaram.

Ela me deu um comprimido e um copo d'água e me disse: "Isso vai aliviar um pouco." Sua voz saiu abafada.

Ela me ajudou a colocar o pijama e me levou para a cama.

Fechou as cortinas e se sentou, esperando que eu adormecesse.

Acariciou meu joelho com sua mão gelada e, no escuro, eu a ouvi pronunciar as seguintes palavras: "Ganha dinheiro e vai embora daqui." Era a primeira vez que ela me dava um conselho, e acho que era primeira vez na vida que ela dava um conselho a quem quer que fosse.

— Mamãe, por que você arruinou a sua vida?

Essa frase saiu sem me dar tempo de refletir ou de me calar. Ela me surpreendeu tanto que eu não sabia se realmente a pronunciara. Ou se vinha de alguma outra pessoa.

Não havia nenhuma malícia naquela pergunta. Era uma pergunta verdadeira. A vida da minha mãe tinha sido arruinada. Eu não sabia se existiam vidas bem-sucedidas nem o que isso significava. Mas eu sabia que uma vida sem sorrir, sem escolha e sem amor era uma vida arruinada.

Eu esperava uma história, uma explicação.

O rosto da minha mãe fissurou-se. Não era sofrimento: placas tectônicas estremeceram lá no fundo dela. Em sua paisagem lunar interior, alguma coisa se entreabriu. Alguma coisa que ia modificar sua química interna. Alguma coisa que talvez permitisse que a vida germinasse...

Ela repetiu: "Ganha dinheiro e vai embora daqui." E ficou ali sentada, na minha cama.

Coloquei a cabeça no travesseiro, procurando a posição menos dolorosa para dormir.

Compreendi que não teria trégua. Que minha dor levaria semanas para desaparecer. E que, quando tivesse desaparecido, o medo permaneceria. Que eu nunca estaria protegida.

Mas dentro de mim, lá no fundo, tinha aquela coisa que crescia e que, quando a situação exigisse, seria capaz de absorver o meu terror e de me transformar em predadora.

Meu corpo se acalmou um pouco. O remédio estava funcionando.

Dovka veio se aninhar nos meus braços.

Minha mãe chorava baixinho. Escutei seus soluços por alguns minutos antes de mergulhar num sono profundo.

Na manhã seguinte, eu tinha aula com o professor Young. Eu preferia morrer a faltar. Mas cada respiração me dava a sensação de ser atravessada por uma espada coberta de pimenta. Atravessei o Conceito com a Dovka. Eu tentava pisar o mais delicadamente possível no asfalto para reduzir o choque que mordia cada uma das minhas feridas. O corte na mão latejava. Eu sabia que eram meus anticorpos lutando contra a infecção. Torcia para que vencessem a batalha. Eu sabia muito bem que se fosse necessário me levar ao hospital, toda aquela história assumiria proporções que não agradariam ao meu pai. O dia estava bonito. Os periquitos piavam. A eterna indiferença dos pássaros.

O professor Young abriu a porta.

Ele permaneceu alguns segundos no patamar, sem dizer nada, examinando os cortes no meu rosto e o curativo na minha mão, no qual uma mancha vermelha escura tinha se espalhado durante a noite.

Então, por debaixo de suas sobrancelhas grossas, ele fez algo de curioso: não se moveu, mas, mesmo assim, me abraçou. Com seus olhos.

Por trás de seus ombros, a máscara branca apareceu. Yael era muda, mas não surda. E o silêncio de seu marido lhe dizia que algo de incomum estava acontecendo. Dovka latiu. Os dois buracos negros da máscara me fitaram, exatamente como o professor Young. Se a máscara de Ya não tivesse me assustado, acho que teria rido. Eles eram engraçados, aqueles dois. Parecia um casal de corujas.

Mas atrás de sua boca de gesso pintada de vermelho, a verdadeira boca de Yael, aquela que eu nunca vi e nem tinha certeza de querer ver, soltou um lamento que congelou o sol. Um longo urro sinistro, nem humano nem animal. Ela vomitava uma dor bruta.

Uma dor insondável que parecia jorrar após anos de silêncio.

Ela urrava como se as cordas vocais fossem se partir. Acho que depois da explosão do sifão do sorveteiro, esse foi o barulho mais horripilante que ressoou no bairro.
O professor Young se virou e a pegou pelos ombros.
— Ya!
O grito não queria parar.
Ele a conduziu para a salinha e a ajudou a se sentar em sua poltrona. A máscara continuava a gritar, cada vez mais alto. A fúria somou-se à dor. Aquele urro me machucou. Mais ainda do que a minha costela.
O professor tentava acalmá-la.
— Ya, respira. Devagar.
Tomou sua velha mão em sua própria velha mão, e a acariciou como um coelhinho petrificado.
O grito era tão vivo que, por um instante, achei que a máscara ia ganhar vida. Mas ela permaneceu imóvel, com seu sorriso, suas lantejoulas e suas plumas.
— Ya, está tudo bem. Acalme-se.

Era desconcertante ver o professor tentando consolar alguém. Comigo ele era sempre um pouco desajeitado. Inacessível, na verdade. Ele não expressava quase nenhuma emoção.
Com o tempo entendi que era uma forma de timidez.

Ele não tinha aptidão para relações sociais. As relações humanas exigiam uma dose de irracionalidade. E o professor Young não compreendia o irracional.
Mas com Yael era diferente. Ela era sua mulher.

O grito não enfraquecia, então o professor abriu uma gaveta e dela tirou uma seringa e um frasco. Em seguida, com muita delicadeza, pegou o braço salpicado de manchas cor de ferrugem. Essas manchas sempre me intrigaram. Lembravam as mãos do velho sorveteiro. Com a idade eu também acabaria enferrujando como uma cerca velha.

O professor deu uma injeção e a voz se rendeu. A máscara tornou-se silenciosa novamente. A cabeça de Yael afundou na almofada e eu compreendi que o sono a tinha aspirado.
— Vai me esperar na sala de jantar.
Eu sabia que ele ia retirar a máscara.

Afastando-me em direção à sala de jantar, ouvi o som do rádio que o professor acabara de ligar na salinha. Uma estação de música clássica.
Sentei-me à mesa.

O professor apareceu. Suas sobrancelhas negras e grossas estavam tão franzidas que o espaço que as separava tinha desaparecido completamente, formando uma grossa barra reta em sua testa. Parecia uma barra de Kit Kat. Segurei um riso nervoso. Ele se sentou diante de mim. Acariciou a barbicha e começou a girar a pérola entre os dedos. Seus olhos pousaram sobre a cadeira à minha direita. Como se tivesse a intenção de se dirigir a ela. A sua timidez.

— Yael nem sempre foi assim.
Compreendi que não falaríamos de física naquele dia.
— A gente se encontrou em Tel-Aviv, na faculdade. Ela estudava medicina, eu física. Quando se formou, começou a trabalhar em um hospital. Ela encontrou muitas mulheres que tinham problemas com seus maridos. Problemas de violência. Física e psicológica. Ela as via chegar com seus hematomas e seus lábios rachados, destruídos. Em seguida, quando se recuperavam um pouco, voltavam para casa e tudo recomeçava. Yael ficava louca com aquilo. Então, ela falou sobre o assunto com o diretor do hospital, uma boa pessoa. Ele a apoiou e, juntos, criaram um abrigo para mulheres vítimas de violência. Ela ajudou muitas mulheres, sabe? Também se engajou nos movimentos feministas. Era uma verdadeira militante. Quanto a mim, eu passava a maior parte do tempo na universidade. Estava começando a lecionar e continuava os meus trabalhos de pesquisa.
"Tinha uma mulher, a Liúba. Ela havia fugido de casa com seu bebê. Um menininho que não tinha mais do que seis meses. Seu marido era..."
Ele olhou bem nos meus olhos.
— ... o tipo do sujeito que era melhor não contrariar. Ele revirou Tel-Aviv inteira para encontrar sua mulher e seu bebê.

Ela tinha que partir para longe depressa. Yael a ajudou a reencontrar a família na Rússia e a fazer a viagem. Liúba e seu filho se salvaram por pouco.
"Mas o sujeito ficou furioso. Fez uma investigação. Metodicamente. E chegou até Yael."

Seu rosto estava tão tenso que, por um instante, achei que fosse se partir como lenha seca.
— Numa noite, Yael saiu do abrigo.
"Ele a esperava. Com seus comparsas.
"E eu não estava lá para protegê-la.
"O que eles fizeram com ela naquela noite... O relatório médico foi..."
A lenha seca se partiu. Através da casca, vi uma mulher que urrava. Vi um rosto suplicando o que não tem nome, antes de desaparecer. Vi as asas negras e os olhos rubros.
— Eles não tiveram pressa. Levou horas, a madrugada inteira. Ela lembra que eles riam, muito. Principalmente quando derramaram o ácido no seu rosto.
A pérola ainda girava entre seus dedos.
— Depois disso, eles a jogaram na frente da emergência. Eles queriam que ela sobrevivesse para que seu suplício se prolongasse muito além daquela noite.
"E foi o que ela fez. Ela sobreviveu. Primeiro, em coma. Passei noites intermináveis perto dela, dizendo a mim mesmo que, se eu a amava de verdade, deveria desligar seu respirador. Porque ninguém pode viver sem rosto. Sem nariz, sem boca. Sem falar, sem sentir sabor. Estive a ponto de fazer isso mil vezes. Mas não consegui.

"Os médicos conseguiram salvar seu olho direito. O esquerdo tinha, literalmente, derretido.

"Quando saiu do coma, pegou um papel e uma caneta e escreveu: 'Liúba e o bebê estão bem.' E juro que, mesmo sem boca, ela sorriu. Compreendi que ela tinha vencido."

Ele se levantou e foi para a cozinha. Eu fiquei lá, escutando o estranho silêncio que seguia a sua história. Apenas o som do rádio na sala chegava até mim. Eu imaginava Yael adormecida, sem nariz e sem boca, com um olho derretido.

O professor voltou com uma chaleira fumegante. Ele se sentou, serviu o chá e empurrou uma xícara na minha direção.

— Pois bem, não sei o que aconteceu com você, e não vou fazer perguntas. Mas se tem alguém que deva desaparecer, saiba que o marido da Liúba virou comida para a fauna aquática do porto de Tel-Aviv.

Pelo seu silêncio, entendi que se tratava de uma pergunta. Balancei a cabeça.

— Você não quer que eu me intrometa?

Balancei a cabeça novamente.

— Está bem. Então, ao trabalho.

Minha mãe cuidou de mim o melhor que pôde, e ela levava jeito para isso. Minha mão não infeccionou. Ela fazia emplastros de argila verde várias vezes ao dia. O contato com a argila me acalmava. Com a minha mãe também. Pela primeira vez, eu a via como uma aliada e acho que era recíproco. Quanto à minha costela, não havia nada a fazer a não ser aliviar a dor enquanto esperava que o osso se regenerasse. Eu tomava os analgésicos que a minha mãe me dava. Acho que lhe fazia bem cuidar de mim. Ou melhor, eu tinha certeza disso. Vai ver que sofria por se sentir inútil a maior parte do tempo. E vai ver precisava que a gente precisasse dela. O que explicaria a paixão por suas cabras, suas plantas e seu periquito. Eram seres que dependiam dela.

Decidi pedir a sua ajuda com mais frequência. Pedir-lhe qualquer coisa simplesmente, o que, aliás, eu nunca tinha feito antes.

Eu pedia pequenas coisas, como ajuda para consertar um zíper, para me ensinar a programar meu rádio-relógio. Na verdade, percebi que a gente compartilhava um interesse comum pela ciência. Ela entendia mais de biologia, com seus animais e seu jardim, mas tinha acumulado uma quantidade impressionante de conhecimento empírico. E percebi que ela mesma se impressionava com o prazer que experimentava ao compartilhá-lo comigo.

O verão terminou com essa sensação confusa, entre o deslumbramento diante do laço que se tecia com aquela que eu chamava de "mãe", e o terror exponencial que me inspirava aquele que eu chamava de "pai".

Já no início do verão seguinte, entendi que minha vida ia mudar. De maneira radical.

Naquele ano, o parque de diversões no qual meu pai trabalhava foi vendido para uma grande rede americana. Eles fizeram algumas reestruturações. E meu pai foi demitido. "Depois de doze anos de bons e leais serviços", como ele dizia. No dia em que soube, ele descontou a raiva na minha mãe. E nos dias seguintes também. E nas semanas. Seus acessos de raiva se tornaram diários.

Minha mãe carregava seus traços permanentemente no rosto. Quando um hematoma desaparecia, um lábio ou um supercílio cortado vinha substituí-lo. Parecia uma corrida de revezamento macabra. A maçã do rosto gritava: "Eu pego! É a minha vez!" e *bum*! Ela se tornava vermelha, depois azul, depois negra, depois amarela. Às vezes, eu até notava algumas nuances de verde. Em seguida, era a vez do lábio, depois a do olho. O rosto da minha mãe não desinchava mais.

Ela adquiriu o hábito de mandar entregar as compras em casa, pois os vendedores a olhavam de um jeito esquisito. Um dia, uma caixa com a melhor das intenções acabou chamando a polícia. Como a minha mãe se recusou a prestar queixa, não levaram o caso adiante.

Mas a fúria do meu pai ficou duas vezes maior.

Eu mantinha a discrição. Tentava passar despercebida, me colocar na direção do vento para escapar do seu radar. Ele me observava, eu sentia. Sua alma se conectou à minha para sondá-la. Nesses momentos, eu esvaziava a cabeça, fingia não me interessar por nada. A única coisa que podia me trair eram os resultados escolares. Então, eu dava um jeito para que não fossem brilhantes demais.

Ficava numa média razoável. Se eu quisesse, poderia ter pulado de ano novamente. Sem dificuldades. Mas isso teria despertado a sua atenção.

Eu não ligava, de qualquer maneira a minha aprendizagem acontecia na casa do professor Young. Também tinha o cuidado de esconder meu corpo o máximo possível. Ele era bonito, eu sabia disso. Era proporcional, pernas longas e esbeltas, cintura fina, ombros esculpidos. Eu vestia roupas largas – casacos grandes com calças *baggy* – para esconder tudo isso. Menos quando ia tomar conta do Takeshi e da Yumi. Porque eu gostava da carícia do olhar do Campeão sobre a minha pele. Eu saía de casa com um casaco comprido e disforme e, assim que cruzava a esquina, eu tirava, revelando um vestidinho florido, o único do meu guarda-roupa. Eu gostava de ficar com as pernas nuas para sentir o calor da sua mão na marcha, a alguns centímetros da minha epiderme.

Depois da noite em que nos beijamos, ele fingiu que nada tinha acontecido. Continuei tomando conta do Takeshi e da Yumi, e a Pluma continuava sorrindo para mim. Ele não contou nada para ela. Eu ainda sentia seus olhos sobre o meu corpo, nem mais nem menos do que antes. Mas percebia que ele evitava o meu olhar e que se despedia apressado, assim que chegávamos à minha casa. Parecia ter medo de mim.

Eu amava meu corpo. Não havia nada de narcisista nisso. Se fosse feio, eu o amaria do mesmo jeito. Amava meu corpo como um companheiro de viagem que nunca me traía. E que eu tinha que proteger. Eu gostava de descobrir suas novas sensações. E os prazeres possíveis. Tentava lembrar os bons momentos e esquecer a dor.

A lembrança da minha costela quebrada se tornou leve como uma flor de algodão. Em compensação, o beijo trocado com o Campeão permanecia vivo como se tivesse acontecido no dia anterior. Eu me lembrava de cada detalhe dos momentos passados nos seus braços. O cheiro de cerveja, a pressão das suas mãos, a suavidade da sua língua sobre os meus lábios. Eu invocava essas sensações, meu corpo obedecia, e sentia uma gratidão imensa por ele.

Meu pai mudou desde que perdeu o emprego. Estava, ao mesmo tempo, mais perigoso e mais frágil do que antes. Pela primeira vez, eu via o menininho perdido dentro dele. Algumas noites, quando bebia muito, ele nem se escondia mais para chorar, enquanto ouvia Claude François. Largado na sua poltrona, ele chorava sobre a pele de urso, como se esperasse que o animal morto fosse consolá-lo.

Ele não tinha mais contato com a mãe havia muito tempo, porque tinham brigado. Eu nem sabia se ela ainda estava viva.

Por parte de mãe, eu só tinha a minha avó, doente e velha, que visitávamos uma vez por ano numa casa de repouso que cheirava a tédio, renúncia e manteiga rançosa.

Quando via meu pai chorar, eu pensava que aquele menininho precisava de carinho. De um pai ou de uma mãe que o pegasse no colo e o embalasse. Mas seus pais não estavam lá. E eu tinha medo. Porque a fera selvagem estava sempre por perto. Então, eu me mantinha à distância. Mas compreendia que ele sofria. Que seu mundo interior devia parecer uma sala de tortura medieval, com longos gritos lamentosos ressoando nas paredes úmidas e geladas.

Eu não podia ajudá-lo.

Nem viajando no tempo. Tinha coisas que eu não podia mudar.

Se meu pai não tivesse sofrido, sua vida teria sido diferente, provavelmente ele não teria se casado com a minha mãe, e Gilles e eu não teríamos nascido.

Eu estava começando a compreender que não poderia impedir nem a morte do sorveteiro. Porque foi precisamente esse fato que fez nascer minha vontade de voltar no tempo.

Se o sorveteiro não morresse, eu não inventaria a máquina: era o paradoxo temporal clássico.

A chave da minha nova vida se encontrava, provavelmente, em outro evento. Mas não tinha problema, desde que eu conseguisse salvar Gilles.

Seus dentinhos de leite e sua risada.

Agora ele tinha onze anos. A gente não se falava mais. Ou, quando acontecia de ele se dirigir a mim, era quase sempre para me insultar. Para fazer o meu pai rir. Mas eu sabia que, de algum modo, ele ainda me amava. Eu não tinha esquecido o seu olhar depois do jogo noturno.

Algumas vezes, tive vontade de falar com ele sobre o meu projeto da máquina de voltar no tempo, sobre as aulas de física, o professor Young. Mas eu sabia que não devia. Era muito perigoso. E se ele contasse para o meu pai? De todo modo, ele não entenderia. Além disso, isso me obrigaria a confessar que ainda o amava e eu não podia lhe dizer isso. Porque ele zombaria de mim e isso me magoaria.

Então, não dizia nada. Eu seguia em frente.

O professor Young dizia que eu já tinha alcançado nível suficiente para ingressar nas melhores faculdades de física.

Fazia dois anos que eu o visitava regularmente. E meu pai ainda não sabia de nada. Eu me virava para marcar nossas aulas durante o horário de trabalho, quando meu pai estava no parque de diversões. Mas agora que ele não estava mais lá, ficou muito mais complicado. Principalmente porque ele me observava. Estava entediado, não tinha nada para fazer o dia inteiro e quase não saía mais de casa.

Na verdade, desde o início das férias, eu era a única que saía de casa. A atmosfera tinha se tornado tão opressora que nos mastigava a todos, triturando o que restava de saúde mental do meu pai, da minha mãe e do meu irmão. Assim que entrava no hall, eu podia sentir suas mandíbulas se fechando sobre mim.

Reparei que meu pai se levantava cada vez mais tarde. Então, tentava agendar as minhas aulas com o professor Young ao amanhecer, para estar de volta antes que ele saísse do quarto. Felizmente, o professor Young era compreensivo. E não fazia perguntas.

Yael estava começando a perder o juízo. Às vezes, no meio da aula, ela aparecia na sala de jantar, tão rápido quanto suas velhas pernas lhe permitiam, e me abraçava, gemendo. Eu não sabia se ela buscava consolo ou se queria me consolar. Provavelmente ambos. A visão daquela máscara saltando de repente na minha direção sempre me assustava.

O que era estranho em Yael era o fato de se mover sem o menor ruído, como se flutuasse a alguns centímetros do chão, como um espectro. Cheguei a me questionar com sinceridade se ainda estava viva. Ou se era uma alucinação que o professor e eu tínhamos em comum. Quando ela tinha uma de suas crises, interrompíamos a aula por alguns minutos, o tempo necessário para ela se acalmar. Eu a deixava me abraçar com um misto de mal-estar e de compaixão. Ela era cheirosa. Acho que vinha do seu creme hidratante. Quase sempre se acalmava sozinha, seus gemidos enfraqueciam, e, em seguida, ela deixava o cômodo em silêncio. Mas, às vezes, a máquina se descontrolava e ela perdia o domínio das emoções. Então, os gemidos se convertiam em longos lamentos, como no ano anterior. O professor tinha que acompanhá-la até a salinha e acalmá-la, sussurrando palavras que eu não conseguia ouvir.

O verão começou assim, e fui me acostumando às crises de Yael. E a me levantar ao nascer do sol. Eu gostava. Tinha a sensação de ganhar tempo na grande corrida contra a morte.

Mas, uma manhã, não sei o que aconteceu. Talvez eu tenha demorado demais na casa do professor, talvez meu pai tenha se levantado mais cedo. Não sei. Mas quando cheguei em casa, ele já estava à mesa, diante da sua xícara de café, com a minha mãe e Gilles, que comiam em silêncio. As três cabeças voltaram-se para mim quando cruzei o batente da sala de jantar.

Minha mãe estava lívida. Eu nunca comentava sobre as visitas ao professor Young com ela. Nem sei se lembrava que eu ia lá. Acho que sim, mas seu cérebro falhava cada vez mais desde que os ataques do meu pai se intensificaram. Então, naquele exato momento, ela estava com medo. Mais do que de costume.

Meu irmão parecia cansado e desligado de tudo, como sempre. Enfiou o nariz novamente na tigela de cereais, seu rosto fino emoldurado pelos longos cabelos.

Meu pai estava com aquela boca esquisita.

— De onde você tá vindo?

Ele farejava a mentira, eu sabia disso. E ele podia sentir a agitação que a ciência gerava na minha mente. Sua alma tinha se conectado à minha, e ela percebia que eu estava viva. Muito mais viva do que ele poderia imaginar. Mas eu tinha que mentir, não tinha escolha.

— Fui levar a Dovka pra passear.
— Você tá mentindo.

Minha mãe murchou na cadeira. Parecia uma uva passa. Branca. Me perguntei se ela tinha medo por si mesma ou por mim.

— Não, eu juro, eu...
— Vem aqui.

Dei dois passos na direção da mesa. Entre mim e ele, nem um metro.

Havia algo de triste no meu pai. O menininho temia o que ia acontecer. Mas ele era prisioneiro daquele corpo de carrasco.

— Chega mais perto, senta.

O tom era gentil, quase carinhoso. Mas eu sabia. Ele tinha visto o que jamais deveria: minha força.

Eu me sentei à mesa, na cadeira que ele indicou, ao lado dele.

— E aí? A senhorita tá se achando mais esperta do que todo mundo aqui?

Minha mãe estava tão tensa que, se alguém a tocasse, ela se quebraria toda, como um vitral.

Gilles se levantou e deixou a sala.

De repente, a dor na minha costela despertou.

Eu sentia a massa do meu pai a poucos centímetros de mim, todo o seu peso contra o meu. Tive uma imagem muito nítida de mim: sozinha, numa praia, diante de um maremoto com ondas de trinta metros. Eu era de uma fragilidade desesperadora.

— Hein? A gente não é bom o bastante pra você, é isso?

Ele adotou aquela voz de cachorro que rosna, muito baixa, quase inaudível.

Sua mão imensa subiu na direção do meu pescoço e se fechou em volta dele como um anzol de três pontas.

— E então? Não responde por que, hein?

Tentei dizer alguma coisa, mas ele apertava cada vez mais.

— Você acha que não tô percebendo o seu nariz em pé, hein?! Você acha que é melhor do que a gente?

Ele se levantou e me ergueu no ar como um gatinho.

Dovka começou a latir.

Eu não conseguia mais respirar. A mão comprimia minha jugular externa, impedindo meu sangue de ir buscar oxigênio para o meu cérebro. Eu sabia que poderia sobreviver alguns minutos assim, mas tinha a sensação de que morreria ali, naquele momento. Eu não raciocinava mais. Eu não passava de um organismo se debatendo para escapar da morte, sabendo, de antemão, que o combate estava perdido. Meu corpo se contorceu assim durante um tempo impossível de definir.

Meu pai continuava falando comigo. Na verdade, acho que ele estava gritando agora. Mas eu não ouvia. Tinha sangue demais na minha cabeça. Pude confirmar quando o anzol largou meu pescoço e desabei no chão. Então, o som voltou imediatamente. Ele berrava.

— SUA PIRRALHA IDIOTA! VOCÊ ACHA QUE VAI FICAR TIRANDO SARRO DA MINHA CARA ASSIM?

Ele descarregava seus insultos aos berros. Eu me encolhi, pronta para apanhar. Mas os insultos bastaram para acalmá-lo.

Ele disse: "Cai fora daqui, não quero mais te ver. E se esse cachorro latir mais uma vez, eu acabo com ele."

Eu me levantei e corri para o meu quarto com a Dovka.

Eu me refugiei na minha cama. E percebi que não estava chorando. Nunca mais chorei depois do episódio do jogo noturno. Alguma coisa tinha se fossilizado dentro de mim. Achei que não era um bom sinal. Eu me recusava a ser uma presa ou uma vítima, mas queria continuar viva. Viva de verdade. Com emoções. Fiz um esforço para chorar, senti que era necessário, um reflexo de sobrevivência. Dava grandes marretadas para desobstruir minha nascente interior. Não precisei cavar por muito tempo. As lágrimas jorraram num dilúvio salgado sobre o travesseiro. Dovka se aninhou na minha barriga.

Percebi que o medo nunca mais me deixou desde o episódio da floresta, como um abutre que segue um animal ferido. Eu fingia ignorá-lo para seguir em frente, mas ele estava sempre lá, pregado na minha carne.

Só saí do meu quarto no fim do dia, quando minha mãe me chamou para ajudar a preparar o jantar.

Steak tartare. Carne de novo. Minha mãe me pediu para preparar o vinagrete para a salada. Parece que eu era boa nisso, no vinagrete.

O som do jornal ecoava da sala.

Falavam de corrupção e desvio de dinheiro público.

Meu pai disse: "Droga de politiqueiros de merda! Eu arrastava tudo em praça pública e tacava fogo. Quem sabe isso não tira a vontade deles de foder a gente..."

Minha mãe disse: "Tá na mesa!"

Meu irmão desceu.

Comemos em silêncio.

Todos os dias eu levava Dovka para passear e, todos os dias, passava diante da casa do Campeão na esperança de vê-lo. O que às vezes acontecia: quando ele aparava a grama, quando entrava em casa com as crianças, quando tirava as compras do carro. Eu acenava com a mão. Aquilo era suficiente para mim. Mas eu não deixava de alimentar a confusa esperança de um reencontro, de um sorriso, de um beijo.

Enquanto isso, eu me contentava com o que ele me dava. Roía cada instante que passávamos juntos como se fossem pequenos ossos com resquícios de carne.

Uma noite, enquanto eu tomava conta das crianças, a Pluma e o Campeão voltaram mais cedo do que de costume. Ela parecia cansada e um pouco triste. O verão estava chegando ao fim. Era uma daquelas noites de agosto nas quais já se está tão acostumado com o sol e com o calor que parece que eles vão durar para sempre. E quando, por acaso, a gente bate o olho num casaco quente ou num par de botas de neve no armário, fica confuso e se pergunta em que circunstâncias precisou deles. Uma daquelas noites em que a gente começa a acreditar que vai passar o resto da vida de short, camiseta e chinelo.

Como de costume, a Pluma voltou e me deu o dinheiro e, como de costume, o Campeão me esperava no seu Golf.

Sentei-me ao lado dele.

— Oi.

— Oi.

— Foi tudo bem?

— Sim, perfeito, como sempre.

Ele estacionou seu carro perto da cerca de casa. E desligou o motor. Ele nunca tinha feito isso antes.

Fez carinho na Dovka, deitada a meus pés.

— Ela está bem?

— Sim, sim. Muito bem.

— Ela tem quantos anos agora?

— Quatro.

Sua mão deslizou da cabeça do cachorro para o meu antebraço.

— O que você quer fazer quando acabar a escola?

Ele pousou os dedos na dobra do meu cotovelo.

— Viajar.

— Ah, isso é bom. Aonde você quer ir?

Seus dedos acariciaram meu braço e subiram até o meu ombro. Eu não conseguia me mexer. Medo que ele parasse, medo que fosse embora, medo do meu corpo que eu não controlava mais.

Respondi sem pensar: "Eu não sei. Qualquer lugar. Só quero ir pra bem longe."

Seus dedos interromperam o contato. Ele entendeu a minha resposta como uma rejeição. Sorriu, um pouco irritado.

— Ah... boa noite, então... Até a próxima!

Eu não queria que ele parasse. Mas não conseguia lhe dizer isso. Também não conseguia sair daquele carro. Aquela sensação não podia acabar.

Meu corpo saltou sobre ele. Minhas mãos agarraram seus ombros como se fossem boias, e meu rosto devorou a distância que o separava do seu. Nossos lábios se encontraram, como quatro animaizinhos alegres, independentes de nós. Aquele beijo era uma festa. Eu sentia cada célula do meu corpo chorar de felicidade. Acho que chorei mesmo. Ele colocou as mãos no meu rosto, sentiu minhas lágrimas, e afastou meu rosto para me olhar.

— Tudo bem?

Disse que "sim" com a cabeça e beijei suas bochechas, seus olhos, sua boca, seu pescoço. Ele abriu a porta, me pegou pela mão, contornou minha casa, e me levou em direção ao bosque dos Enforcadinhos. Há muito tempo eu não ia lá. Não queria encontrar a Mônica. No início, eu estava com raiva, mas logo me senti meio culpada por nunca mais a ter visitado. Depois, quanto mais o tempo passava, mais eu me sentia culpada e constrangida, então levava a Dovka para passear nos campos do outro lado do Conceito. Além do mais, isso me permitia passar na frente da casa do Campeão e ter uma chance de vê-lo.

Ele escolheu uma árvore e pressionou meu corpo contra o tronco. Sua língua acariciou minha boca, como no ano anterior. Ele fez o mesmo *mmmmmm* de prazer. Mas dessa vez, ele não resistiu. Suas mãos suaves e ansiosas tocaram a minha barriga, depois meus seios. Minha boca explorou a sua pele um pouco salgada, mineral. Eu ansiava por tudo. Seus dedos em cada pedaço da minha pele e por dentro. Por dentro da minha carne, da minha barriga, dos meus pulmões, da minha cabeça. Necessidade de ser aberta, de sentir suas mãos revirando minha carne, meus músculos, minhas vísceras, que ele se deliciasse com o meu sangue quente sobre seus dedos, que agarrasse meus ossos e os quebrasse. Necessidade de ser devastada, devorada, desmantelada.

Com um gesto preciso, quase brusco, ele me pegou pela cintura e girou meu corpo. Meu rosto contra o tronco.

Ouvi o tilintar do seu cinto. Ele deslizou as mãos por baixo do meu vestido, pelos meus quadris, depois abaixou minha calcinha.

Sua carne entrou em mim. Um pouco de dor. Meu ventre se retraiu. "Vou devagar". Seu vai e vem. Lá, no bosque dos Enforcadinhos. A alguns metros da hiena. Sua respiração curta na minha nuca. Meu ventre que gritava. A Pluma que devia estar esperando por ele. Mais um pouco de dor.

Seu corpo se contraiu, suas mãos apertaram meus quadris, seus dedos afundaram na minha pele, sua garganta gemeu, seus quadris tiveram uns espasmos mais violentos, depois seus músculos se relaxaram. Sua carcaça de cavalo selvagem desabou sobre mim com toda a sua massa, vencida.

Ele permaneceu alguns segundos assim, depois deve ter lembrado onde estava e se vestiu.

Viu o sangue.

— Foi sua primeira vez? — ele perguntou.

Não respondi.

— Mas por que você não me disse nada?

Não respondi.

— Sinto muito, eu tenho mesmo que ir embora — ele disse.

— Não faz mal, eu entendo — respondi.

E ele foi embora.

Fiquei sentada debaixo da árvore por alguns minutos. A lua salpicava de luz o tapete de folhas mortas. Dovka, que tinha ido dar uma volta, reapareceu, deitou-se perto de mim e deslizou o focinho sobre a minha mão.

Eu me perguntava o que aquela noite significava para o Campeão. Eu me perguntava o que ela significava para mim. E o que eu desejava. Tinha vontade de fazer amor de novo com ele, ali, ao pé daquela árvore. E depois dormir em seus braços. Que ele fosse um refúgio, um lugar seguro no qual eu estaria protegida da hiena, sem armas, completamente nua. Mas eu não queria pertencer a ele, nem que ele me pertencesse. Não queria juramentos nem promessas. Apenas a festa dos nossos corpos se encontrando. Eu sabia que o amava e que o amaria até a minha morte. Havia fidelidade e lealdade naquele amor. A mesma lealdade que me ligava ao Gilles. Eu morreria por eles. A única diferença é que o Campeão não precisava de mim, enquanto a vida real do meu irmão dependia do meu esforço.

Uma bela nuvem, fina como uma serpente, passou diante da lua.

Eu me sentia bem. Sabia que ninguém poderia roubar de mim o que eu tinha acabado de viver. O importante não era ter feito amor. Para ser sincera, foi meio decepcionante. Nada do êxtase que o meu corpo estava esperando. Mas eu estava conectada ao Campeão. Isso era importante. E eu tinha certeza de que isso importava para ele também.

Alguma coisa se moveu diante de mim.
Mais do que ver, eu senti, mas tinha certeza. Alguém estava me observando. De onde eu estava, conseguia ver a nossa casa. O bosque descia numa rampa suave rumo ao portão, ao cercado das cabras, nosso jardim, e, depois, o terraço. Um guarda-sol projetava a sua imensa sombra sobre o chão de pedra, mergulhando metade do terraço numa escuridão impenetrável. A claridade da lua inundava a outra metade.
Eu estava longe demais para distinguir o que havia se mexido, mas agora estava convencida de que alguém estava ali.
Ele ou ela não podia ter nos visto, o Campeão e eu, por causa da distância e da escuridão. Mas se fosse meu pai, sua alma podia muito bem ter se conectado à minha. Essa ideia expulsou a alegria que me preenchia, como uma borrasca negra e glacial. Um terror cego percorreu minha coluna vertebral e triturou meus pulmões. Senti o seu olhar.
Ele estava lá, não havia mais a menor dúvida. E me via sem me olhar, com seu sexto sentido de caçador. Ele estava lá, com seu olhar rubro e sua mandíbula aberta. E acariciava a hiena sentada a seu lado. Ele viu a minha alegria e salivava com a ideia de aniquilá-la.
Nos últimos anos construí um reino, ao abrigo da sua cólera, com o professor Young, o Campeão, a Pluma, Takeshi e Yumi. Consegui criar uma paisagem interior sólida e fértil. Ele não percebeu nada: com sofisticado engenho escondi tudo por trás de um cenário seco e cinza. Ele não sabia quem eu era. Agora sabia. O cenário desabara, ele via tudo. E ia devastá-lo. Quem sabe até me matar. E isso não podia acontecer. A vida de Gilles dependia disso. Gilles, aos seis anos de idade, sua risada e seu sorvete de baunilha e morango.

Eu não podia voltar para casa. Pensei em me abrigar na casa do professor Young ou até na do Campeão, mas isso apenas adiaria o problema.

Como se respondesse aos meus pensamentos, a voz do meu pai açoitou a penumbra.

— Dovka!

Não tive tempo de detê-la, seu corpinho se afastou do meu e correu, alegre e confiante, rumo à casa.

Gritei: "Dovka! Não! Dovka!"

Ela não me ouviu. Ou não quis me ouvir.

Dovka era um pedaço de mim. O pedaço mais inocente. Meu pai sabia disso. E ele a atraiu para as suas garras. Eu podia sentir seu sorriso sombrio sob o guarda-sol.

Dei um pulo, desci a ladeira correndo, os ombros distantes do meu centro de gravidade, a um palmo da queda.

Cheguei no portão que a Dovka já tinha pulado.

Era tarde demais, eu sabia. Eu afundava cada vez mais na sua armadilha. Passei ao lado do cercado das cabras. Estavam dormindo, aquelas imbecis.

Continuei.

Agora, a silhueta do meu pai se desenhava nitidamente na parede cinza-rato da casa. Ele se levantou. Segurava Dovka no colo. Vi a imagem exata daquele bêbado. Depois de quatro anos, eu revivia a mesma situação. Quer dizer, não exatamente a mesma. Aliás, nada a ver. Mais do que nunca, naquele momento não havia ninguém por perto para me proteger.

Eu estava a uns dois metros do meu pai. Nunca tinha visto aquele seu olhar, nem mesmo quando perdia o controle em seus acessos de raiva. Quando batia na minha mãe, havia algo de triste nele, como se fosse prisioneiro da sua ira e sucumbisse a ela. Agora era diferente. Era a hiena. Ela tinha assumido o controle total. E ia executar os planos que alimentava havia anos, encerrada em sua carcaça empalhada. Ela estava em êxtase. A boca do meu pai estava aberta e sua mandíbula inferior se mexia, como se ele risse, mas sem emitir nenhum som. A boca escancarava-se, fechava um pouco, e, em seguida, abria-se novamente, como se mastigasse o ar, num sorriso macabro.

Sua mão imensa fechou-se em volta do pescoço da minha cachorrinha.

Ela soltou um estranho grunhido antes de sufocar. Seu corpinho debatia-se, exatamente como o meu, alguns dias antes. Suas patas cortavam o ar, como se ela tentasse correr para longe do que estava acontecendo. Eu sabia que se não agisse rápido, seria tarde demais.

Sem pensar duas vezes, eu me joguei para a frente, vencendo a distância que ainda me separava do meu pai. Saltei na direção do seu punho e o mordi. Ainda mais forte do que o braço do pai do gordinho, na floresta. Meus incisivos afundaram profundamente, até o osso.

Eles cortaram alguma veia importante, o sangue escorreu pela minha língua, depois pela minha garganta. Meu diafragma se contraiu, mas consegui controlar a náusea. Meu pai não largou o pescoço da Dovka. Com a outra mão, agarrou meus cabelos e puxou com tanta força que pensei que arrancaria meu couro cabeludo. Mas meu couro cabeludo aguentou firme.

Mordi mais fundo, queria arrancar sua mão só com a força das minhas mandíbulas. Uma ideia curiosa me passou pela cabeça. A ideia de que a mesma boca que servia para morder meu pai, menos de quinze minutos antes servira para beijar o Campeão. Em alguns segundos, meu corpo se converteu de instrumento de prazer em instrumento de dor.

Nada nem ninguém queria soltar: nem sua mão, nem meus dentes, nem meus cabelos. Então, bati com os dois punhos onde pude, às cegas. Sabia que isso não o machucaria, mas poderia irritá-lo o bastante para que soltasse a Dovka, e se concentrasse somente em mim.

Funcionou. Senti seus tendões se mexerem sob meus dentes e ouvi a pequena massa desabar no chão de pedra.

Sua mão, que ainda segurava meus cabelos, aproximou minha orelha de sua boca. Ele grunhiu "Então é assim, você quer brincar...".

Ele afastou meu rosto do seu e deu um soco na minha bochecha. Soltou meus cabelos e meu corpo despencou no chão, ao lado de Dovka. Ela não se mexia mais. Sem ter tempo de checar se ela ainda estava viva, escondi o rosto entre os braços para protegê-lo.

O pé do meu pai afundou na minha barriga. Com suas botas de caça, sapatos grandes e duros. O primeiro chute bloqueou minha respiração. Os demais pareciam querer reduzir meu aparelho digestivo a uma papa disforme de tecidos orgânicos. O gosto ferruginoso que preenchia minha boca indicava que ele ia acabar conseguindo. Minhas mãos tentaram proteger minha barriga. Então, ele segurou minha cabeça. Sua mão imensa agarrou meu maxilar, seus dedos afundaram nas minhas bochechas. Parecia querer esmagar meu rosto, pulverizar minha existência e minha identidade. Eu queria lutar, mas ele era rápido demais. Mais um golpe. Minha testa se chocou contra a pedra. Com uma força absurda. O choque ressoou até as raízes da cerejeira. Senti o sangue escorrer. Eu me encolhi.

Vi minha mãe tantas vezes na mesma postura, apavorada, esperando que o ataque acabasse. Mas eu não podia ficar imóvel. Porque eu não era a minha mãe, porque tinha o Gilles. E porque a fera que dormia nas minhas entranhas tinha acabado de despertar. E ela estava de mau humor. Péssimo. Eu a ouvi sussurrar: "Achei que tivesse sido clara da última vez, porra." E, mais uma vez, ela vomitou seus filhotes. E eles se alimentaram da violência do meu pai e da força que o Campeão tinha acabado de me dar. A força não é sexualmente transmissível, a cientista em mim sabia muito bem disso. Mas naquele exato momento, acreditei nisso. Toda a força do Campeão estava em mim. Seu corpo era o meu corpo. Eu possuía sua massa muscular e seu treinamento. E meu pai não estava à altura dele.

Ele se inclinou sobre mim. Nem podia imaginar o que o esperava. Dessa vez, foi meu punho – ou o do Campeão, ou vai saber de quem –, que golpeou. Eu ouvi o *crec* de seu osso nasal. Ele caiu de costas sobre a mesa de ferro fundido. Tive a nítida sensação de possuir garras na ponta dos dedos. Dilacerei a carne do seu rosto. Eu podia sentir os pequenos pedaços de pele se aglomerando sob as minhas unhas. Aproveitei o efeito surpresa e me precipitei para dentro de casa.

Para a cozinha. Eu sabia que de mãos vazias não aguentaria por muito tempo.

O sangue que escorria da minha testa inundava meu olho direito. Eu avançava tateando.

Tinha um porta facas de madeira na pia.

Meu pai cruzou a porta de vidro no momento em que eu sacava um facão de cortar carne. Cortar carne. Essas palavras devoraram meu cérebro. Olhei para o meu pai. Ele olhou para a faca. Pequenas cascatas de sangue corriam de suas narinas e das longas feridas que riscavam suas bochechas. Passada a surpresa inicial, soltou uma risada debochada. Ele estava gostando do jogo. "O que você vai fazer com isto, filhinha?" As cascatas fluíam para os lábios. Seus dentes estavam vermelhos.

Foi nessa hora que minha mãe entrou.

— Viu como você educou bem a tua filha? Ela trepa no meio do mato e agora quer matar o pai dela.

Nem sei por que, mas de repente pensei que tinha esquecido de vestir de novo meu casacão disforme, e que estava ali, diante do meu pai, com meu vestidinho florido. Minha roupa deveria ser a última das minhas preocupações, mas isso me pareceu importante naquele exato momento.

Eu não me movia. Meu pai se mantinha a um metro de distância de mim e da faca. Ele também não se movia. Minha mãe estava na minha visão periférica, não conseguia vê-la com nitidez, mas imaginava a cara que ela estava fazendo. Boquiaberta com os olhos arregalados, o terror em pessoa, como a Wendy de *O iluminado*, do Stanley Kubrick.

O que ela desejava?

Eu segurava a faca na minha frente. E me perguntava como dar um golpe certeiro e não errar. Sabia que não haveria uma segunda chance. Uma única estocada, potente, precisa, mortal. Eu olhava o meu pai e a hiena dentro dele, e mensurava cada parâmetro, calculava cada hipótese. Tentava ignorar a voz que começava a se levantar, que invadia meu sistema sanguíneo como uma torrente glacial. Entretanto, aquela voz se impunha, mais poderosa do que a criatura das minhas tripas.

Enfiar aquela lâmina na carne viva era proibido. Visceralmente, do mais profundo da minha condição de ser humano, milênios de civilização berraram que eu não tinha esse direito. Que aquilo seria pior do que a morte. Que eu não era assim.

Aquela lâmina.

Minha adolescência dilacerada. O ódio vulcânico que eu sentia pelo meu pai. Suas mãos de carrasco. Seu hálito fétido. As palavras de amor que ele nunca me disse. Os gritos da minha mãe. O riso de Gilles. Dovka.

Era tão pesado e, no entanto, não pesava nada.

Estava cansada. Tão cansada que desejava que tudo acabasse. Ali mesmo, naquela cozinha. Eu estava pronta para me render. Ele tinha razão. A presa acaba se entregando. E implorando pela morte. O caçador a liberta.

Meu pai compreendeu. Ele debochou ao se aproximar de mim.

— Minha filha. Minha filhinha.

Eu ia morrer agora. Esperava que fosse rápido. Que ele fizesse do jeito certo. Rezei para que a minha mãe saísse do cômodo, que não visse aquilo. Sentia muito pelo professor Young também. Por todo o tempo que passou preenchendo a minha cabeça com um saber que agora ia evaporar.

Olhei para o meu pai. Não sabia por que, algo em mim esperava que ele se transformasse de repente. Que se transformasse num pai de verdade. Mas eu só vi um predador.
Sua mão agarrou a minha, aquela que segurava a faca. Senti seu sangue quente sobre os meus dedos.
— Você é fraca demais, filhinha.
Ele pegou a faca. Meus dedos não lutaram. Senti a lâmina na minha garganta. Pensei: "Está bem. Aceito."
Eu não estava com medo. E de uma coisa eu sabia: eu não era fraca. Aceitava a morte aos quinze anos. Vislumbrei todas as maravilhas que a vida tinha para me oferecer. Vi o horror e vi a beleza. E a beleza venceu. Eu não era fraca. Aceitava perder o Gilles para sempre. Não voltar para salvá-lo. Eu não era fraca. Eu não era uma presa.
Antes de cortar minha carótida, meu pai aproximou seu rosto a alguns centímetros do meu.

Uma segunda silhueta surgiu ao lado da minha mãe. Meu pai virou a cabeça. Gilles apontava uma pistola para ele. Eu não entendia nada de armas, mas pela cara do meu pai vi que aquilo não era um brinquedo.
Ela parecia enorme na mãozinha do meu irmão.
Ele só tinha onze anos, era uma criança. De repente me pareceu tão pequeno. Um menininho. Olhei a arma na sua mão e pensei novamente no sorvete de baunilha e morango. Fazia cinco anos. E eu revia Gilles pela primeira vez desde o acidente do sorveteiro. Ele estava ali. Meu irmãozinho. O enxame que fervilhava na sua cabeça parecia ter desaparecido.

Estava chorando. Mas sua mão não tremia. A tribo tinha recuperado o controle da sua cabeça. Eu conseguia ouvir os gritos de vitória da aldeia de resistentes.

Meu pai me soltou.

— Gilles, me dá isso.

Parecia um domador que perdera o controle de uma de suas feras.

— Gilles!

Gilles não se moveu.

— Gilles, atira!

Minha mãe. Ela disse aquilo? Mesmo?

Meu pai virou a cabeça na direção dela.

Sim, disse mesmo.

Ela sabia que se não morresse naquela noite, ele a mataria por aquelas palavras. Mas ela também estava exausta. Alguma coisa precisava ser encerrada. Na verdade, talvez esta fosse a única coisa que nós quatro compartilhávamos: a vontade de acabar de uma vez por todas com aquela família.

Eu me perguntei se tínhamos vivido um único momento feliz juntos. Eu me lembrei das férias no lago, em algum lugar na Itália. Eu devia ter sete ou oito anos. Um passeio numa linda cidadezinha. Estávamos sobre uma ponte de pedra, meu pai fotografava o rio e, atrás de nós, um sujeito chamou o seu filho. O cara era imenso, um físico de criador de touros. E tinha uma voz ridícula. Um fiozinho de voz aguda e anasalada. Parecia uma cabrita gripada. Meus pais caíram na gargalhada. Juntos. Gilles e eu imitamos. Gilles ria sem entender por que, como fazem os pequenos, só para se sentir incluído no mundo dos adultos. O sujeito percebeu que zombávamos dele, então saímos correndo pelas vielas, rindo como alunos bagunceiros. Esse momento de alegria existiu. Mas foi tão fugaz que poderia ser considerado um feliz acaso.

E naquela noite, a nossa família ia desaparecer.

A ordem da minha mãe era inútil. Gilles já tinha tomado a sua decisão.

Meu pai compreendeu. Todo mundo compreendeu.

Gilles atirou.

Primeiro ouvi o barulho seco da faca caindo no linóleo. Seguida do corpo do meu pai. Ele desabou no chão como, antes dele, devem ter feito todos os corpos empalhados no quarto dos cadáveres.

Mas ele não estava morto. Gilles tinha atirado em sua barriga. Sua enorme massa começou a se contorcer como um peixe no convés de um barco de pesca. Suas duas mãos tentavam conter o sangue que escapava. Parecia um animal. Estávamos, mais do que nunca, na grande ordem natural do mundo, na qual todo organismo luta pela sobrevivência. O corpo do meu pai se rebelava, recusava a própria morte.

Gilles era muito habilidoso para errar o tiro. Sabia exatamente onde tinha mirado. Ele queria uma agonia à altura da vida do nosso pai.

O cheiro de sangue se espalhou. Aquele cheiro morno e nauseante.

Os olhos do meu pai giravam nas órbitas, ele parecia aquelas máscaras de Halloween com os olhos brancos.

Dos seus lábios escorria um filete de baba sanguinolenta.

Minha mãe olhava para ele, suas mãos unidas na frente da boca.

Gilles tinha o rosto satisfeito de quem acaba de cumprir uma tarefa útil à coletividade, como varrer um grande monte de folhas mortas da calçada.

Eu queria que tudo aquilo acabasse. Logo.

— Gilles, acaba com isso, por favor. — Eu não chorava. Sabia que o choro viria mais tarde.

Ele se aproximou do meu pai. Sua grande carcaça em convulsão. Sua garganta emitia um soluço que seria engraçado em outras circunstâncias.

Com a segurança de um especialista, Gilles disse:

— Está quase acabando, você sabe.

Eu não estava nem aí para o "quase", eu queria que acabasse.

— Por favor.

Apontou a arma para o rosto do meu pai. Ou para o que restava dele. Um saco de dor abjeta.

Gilles atirou. A bala atravessou a bochecha, pulverizando seu rosto.

Seu corpo parou de funcionar imediatamente, como se tivessem desligado um interruptor. *Off*.

Off, papai.

Dizem que o silêncio que vem depois de Mozart ainda é Mozart. Não dizem nada sobre o silêncio que vem depois de um disparo. E da morte de um ser humano. Também imagino que não tenham sido muitos os que o ouviram.

Levantei os olhos para Gilles.

Ele estava ali. O meu irmãozinho. Estava ali e chorava. Era como se o tivessem trazido de volta do mundo dos mortos. Os parasitas não o mataram.

Não sei por que, cantarolei a *Valsa das flores*, de Tchaikóvski. Talvez eu quisesse que aquela canção fosse meu pano de chão para lembranças ruins, que eu não quisesse sujar outra. O terror foi embora. Ele me deixou como uma alcateia de lobos decide abandonar uma caçada.

Não me lembro bem das semanas que se seguiram à morte do meu pai. Uma névoa branca da qual emergem apenas alguns fragmentos.

O corpo da Dovka, que enterrei no jardim.
Os interrogatórios da polícia.
O único elemento que os intrigou foi a arma. Não compreendiam de onde ela vinha. Não pertencia ao meu pai. Não pertencia a ninguém. Seu número de série não estava registrado. Foram até o fabricante, que informou que aquele modelo nem fazia parte do catálogo. Ouvi um inspetor dizer à minha mãe: "Não faz nenhum sentido, esta arma não existe."

A explicação do Gilles não era clara: "Eu encontrei na gaveta da minha escrivaninha, do lado da minha faca de caça."

E estas palavras estavam gravadas no cabo: "O futuro zela por ti."

A polícia se cansou de não entender nada, e como não havia dúvidas sobre a legítima defesa, a morte do meu pai foi mofar em alguma caixa de papelão, na prateleira dos casos arquivados.

Entendi que eu tinha conseguido, em algum lugar, no futuro.

Sentada num banco de pedra na frente da minha casa, eu observava o pessoal da mudança encher o caminhão com os troféus do meu pai. Uma arca de Noé morta.

Um colecionador comprou o lote inteiro. Acho que minha mãe vendeu por um preço irrisório.

Gilles veio se sentar do meu lado.

Vimos as portas traseiras se fechando sobre os olhos amarelos da hiena. Eu sabia que ela nunca me deixaria complemente.

O caminhão subiu a rua e eu fechei os olhos.

A segunda parte da minha vida teve início naquele exato momento.

O dia terminava e minha história começava.

Tinha coisas para esquecer. O medo selvagem, sanguinário, que se enrolava na minha garganta, sussurrando que eu não passava de um monte de carne e de nervos. Essa coisa murmurava: o que me separava do sofrimento era tão fino e frágil quanto a moleira de um recém-nascido.

E tinha coisas para guardar. O sopro do crepúsculo nas minhas pálpebras. A fera raivosa que dormia no fundo do meu ventre. As mãos do Campeão que eu ainda podia sentir nos meus quadris.

E o sorriso de Gilles.

© Editora NÓS, 2022
© L'Iconoclate, Paris, 2018

Direção editorial SIMONE PAULINO
Assistente editorial GABRIEL PAULINO
Projeto gráfico BLOCO GRÁFICO
Assistentes de design NATHALIA NAVARRO, STEPHANIE Y. SHU
Preparação LUCÍLIA LIMA TEIXEIRA
Revisão ALEX SENS
Produção gráfica MARINA AMBRASAS
Assistente comercial LOHANNE VILLELA

Imagem de capa: © João Castilho, *Onça Parda* (2014), série Zoo.

Texto atualizado segundo o novo Acordo Ortográfico da Língua Portuguesa.

Dados Internacionais de Catalogação na Publicação (CIP) de acordo com o ISBD

D567v
Dieudonné, Adeline
   A vida real / Adeline Dieudonné
     Título original: *La vraie vie*
     Tradução: Letícia Mei
     São Paulo: Editora Nós, 2022
     208 pp.
ISBN 978-65-86135-55-8

1. Literatura belga. 2. Romance. I. Mei, Letícia II. Título.

2022-267   CDD 849.3, CDU 821.133.1

Índices para catálogo sistemático:
1. Literatura belga: 849.3
2. Literatura belga: 821.133.1

Elaborado por Vagner Rodolfo da Silva, CRB-8/9410

Todos os direitos desta edição reservados à Editora NÓS
www.editoranos.com.br

FONTES Neue Haas Grotesk, Signifier
PAPEL Pólen Soft 80 g/m²
IMPRESSÃO Maistype